UN JOUR DE PLUS
DE TON ABSENCE

10, place des Cinq-Martyrs-du-Lycée-Buffon
75015 Paris – France
www.editionscharleston.fr

ISBN : 978-2-36812-613-4

Maquette : Patrick Leleux PAO

Charleston s'engage pour une fabrication éco-responsable ! Amoureux des livres, nous sommes soucieux de l'impact de notre passion et choisissons nos imprimeurs avec la plus grande attention pour que nos ouvrages soient imprimés sur du papier issu de forêts gérées durablement.

Pour suivre notre actualité, rejoignez-nous sur Facebook (Editions.Charleston), sur Twitter (@LillyCharleston) et sur Instagram (@LillyCharleston).

LES LECTRICES ONT AIMÉ !

« Le récit est poignant et doté de petites touches d'amour et d'humour qui mettent du baume au cœur. J'ai adoré la plume de l'autrice, touchante et sensible. Merci pour ce roman écrit avec finesse et délicatesse. »
Eline, de @meslivresdepoche

« Ce roman est un pur diamant que Mélusine Huguet a pris soin de tailler et polir minutieusement afin qu'il puisse nous éblouir de tout son éclat ! Nul doute que ce récit laissera une empreinte indélébile sur mon âme, tant il est humain, vrai et authentique. Ce livre fut un profond coup de cœur, qui résonnera longtemps en moi. »
Marta, de @leslecturesdemissm

« J'ai été très touchée par Jade, parce qu'elle est, à mon sens, une héroïne admirable, avec une belle personnalité. Ce récit est une véritable pépite à découvrir, et qui m'a profondément émue à de nombreuses reprises. »
Anouk, de @anouklibrary

« Coup de cœur pour ce roman. Une plume magnifique, l'autrice nous emmène dans son univers avec délicatesse. Un premier roman remarquable ! »
Leah, de @leahbookaddict

« Un roman si poignant, si juste, si sincère ; une histoire de résilience, de sacrifice et de pardon, mais avant tout l'histoire des femmes, sous une écriture pudique et sensible. Mélusine Huguet aborde des sujets sensibles et difficiles à travers ses personnages. Une histoire de vie bouleversante mais résolument bienveillante. »
Marine, de @toiledemots

« *Un jour de plus de ton absence* est un récit poignant que j'ai dévoré. Les chapitres courts et l'écriture de l'autrice m'ont très vite embarquée dans l'histoire, et je n'ai pas pu m'en décrocher avant de connaître la fin. »
Manon, de @lalecturedemanon

« J'ai été bouleversée, meurtrie par cette histoire. Merci Mélusine pour cette voix de femme que tu nous donnes grâce à ton roman. »
Fanny, de @madelit_et_des_livres

« La plume de Mélusine est agréable et les pages se tournent facilement. Un roman qui nous montre que les apparences peuvent être trompeuses et qu'il faut parfois chercher à comprendre avant de juger. »
Floriane, de @les_lectures_de_flofloenael

« Ce roman m'a bouleversée ! C'est un roman poignant, un roman que tout le monde devrait lire. Je me souviendrais très longtemps de cette histoire, et je suis vraiment heureuse d'avoir découvert la plume émouvante de cette jeune autrice pleine de talent et qui ose aborder des sujets sensibles mais tellement d'actualité et dont il faut parler ! Une pépite ! »
Aurélie, de @seize__avril

« Un roman poignant, violent, abordant de nombreux sujets sensibles et actuels. Je n'ai pas pu me détacher de cette lecture prenante, rythmée par l'alternance des points de vue. La plume de l'autrice aborde avec justesse des thèmes trop peu abordés en littérature et même dans notre société. Elle maîtrise à la perfection l'art de l'attente et du suspense, le tout mené avec une grande délicatesse. C'est un coup de cœur. »
Adélina, de @livrovore

« Ce récit bouleversant vous heurtera en plein cœur. J'ai terminé ce roman en larmes, complètement chamboulée par cette histoire, par ce roman engagé, féministe et nécessaire. Un grand bravo à Mélusine Huguet pour ce bijou littéraire, pour son courage face aux thèmes abordés et pour avoir écrit ce roman d'une manière si juste et sensible. »
Chloé, de @lire_encore

« Un roman juste et poignant, qui raconte l'histoire d'une femme parmi tant d'autres, et qui alerte sur les injustices subies par certaines personnes. »
Clémentine, de @helynna_

« Alerte coup de cœur ! Jade est un symbole de courage, de puissance, de volonté, d'héroïsme et de résistance. »
Laura, de @_lesmotsdesautres_

« *Un jour de plus de ton absence* fait partie de ces livres qui resteront gravés dans mon cœur. Une plume authentique qui révèle avec délicatesse ce que nous sommes. Un premier roman époustouflant qui nous rappelle avec force la difficulté d'être une femme et qui révèle l'invisible aux yeux de tous. Une lecture indispensable. »
Christel, de @les__miscellanees_de_cookie

« Un livre d'une grande beauté et plein d'espoir. J'ai eu un véritable coup de cœur pour ce roman et son autrice. Une histoire bouleversante qui parle de sororité et d'amour, mais aussi du poids qui pèse encore sur les épaules des femmes dans notre société actuelle ! Un livre à découvrir absolument et une autrice à suivre de très près. »
Carole, de @lafilleaux1001lectures

« *Un jour de plus de ton absence* aborde des sujets durs et sensibles de notre société. Au cours de cette lecture, beaucoup d'émotions m'ont traversée. La plume de Mélusine Huguet est fluide et agréable. J'ai adoré cette lecture ! »
Katia, de @pauselectures

Mélusine Huguet

UN JOUR DE PLUS DE TON ABSENCE

Roman

CHARLESTON

« Si tu es née
Avec la faiblesse de tomber
Tu es née
Avec la force de te relever »
Rupi Kaur

Lundi 22 octobre

Encore un jour de plus.

Un jour de plus de ton absence.

Un jour de plus qui me sépare de toi.

Ou peut-être un jour de plus qui me rapproche de nos retrouvailles.

Après tout, tout est une question de perspective.

AVRIL

CHAPITRE 1

Mercredi 5 avril

— FÉLICITATIONS, MADAME LOISEAU. Vous allez être maman !

Le mode pilote automatique se mit en route et lui permit d'articuler quelques mots.

— Je... je suis enceinte ? De combien de semaines, docteur ?

— Je dirais dix semaines environ. Votre gynécologue vous donnera davantage de précisions. Pour le moment, je ne vous prescris aucun arrêt de travail, je vous invite à prendre rendez-vous le plus rapidement possible pour une échographie.

Dire que cette nouvelle était un choc aurait été un euphémisme. C'était un véritable cataclysme. Jade était comme paralysée par l'écho de cette nouvelle qui se propageait lentement mais insidieusement jusqu'à son cerveau. C'était un séisme de magnitude 9 qui emportait tout sur son passage, balayait ses certitudes, réveillait ses plus grandes craintes. Dans sa tête, une alarme se déclencha.

Dix semaines. Soixante-dix jours. Le calcul était facile, Jade n'avait même pas besoin de trop réfléchir, la date de conception s'imposait brutalement à elle. Le 20 février. C'était un lundi, elle s'en souvenait encore. Comment aurait-elle pu oublier ?

Jade ne s'éternisa pas, elle comprenait ce qui l'attendait. Après avoir remercié poliment son médecin traitant, elle quitta le cabinet et commença à errer dans les rues bondées de Paris. Pour elle qui pensait repartir avec une cure de vitamines afin de lutter contre sa fatigue passagère, le choc était brutal. Un bébé. Elle attendait un bébé ! Depuis le temps qu'Antoine et elle le désiraient... Il allait falloir lui annoncer ! Peut-être pas tout de suite, cela pouvait encore attendre... Voilà un secret qu'elle préférait garder pour elle, rien que pour elle, pour le moment. Un moment à partager seule, avec ce petit être qui commençait déjà à grandir dans son corps. Un bébé...

Bien sûr, Jade voulait des enfants. À 28 ans, la question s'était déjà posée. Ils y pensaient. Le sujet s'était rapidement imposé entre elle et Antoine un beau jour, alors qu'ils venaient de faire l'amour. « Tu veux des enfants, toi ? » Une simple question, directe, sans détour, droit au but. Elle était comme ça, Jade. Pourquoi s'encombrer de mots inutiles et tourner autour du pot lorsque l'on pouvait être fixé d'une simple question ? Cela faisait déjà plusieurs mois qu'ils sortaient ensemble, et elle sentait qu'elle s'attachait de plus en plus à ce beau brun. Pourtant, au départ, ce n'était pas censé durer avec Antoine. Alors, avant de s'emballer, Jade avait pris le temps de poser les questions essentielles, car elle avait une vision bien précise de son avenir. Elle avait beau être une femme moderne, de celles que l'on qualifie de fortes, d'indépendantes, de féministes, de celles qui aiment se prendre en main et affirmer qu'elles n'ont pas nécessairement besoin d'un homme pour exister, en imaginant son avenir, Jade n'avait qu'une seule vision possible : elle se voyait mariée, avec deux enfants, une jolie maison, et un chien. Tellement ringard, tellement cliché… Cela paraissait incohérent aux yeux de ses proches, et même pour elle qui vantait l'émancipation des femmes et s'insurgeait contre les diktats de la société. Pourtant, au fond d'elle, elle n'avait jamais eu le moindre doute : elle était née pour être maman. Un paradoxe qu'elle acceptait, puisqu'elle avait conscience que cette volonté émanait d'elle seule. C'était cela, qu'elle promouvait, au fond : la liberté pour chacune d'orienter sa vie selon ses propres choix. Elle portait en elle l'intime conviction qu'elle passerait à côté du but ultime de sa vie si celle-ci se terminait sans qu'elle n'ait connu les joies de la maternité.

« Oui. Je veux des enfants. Je ne sais pas combien, mais j'en veux ! » Ouf. Un soulagement s'était insinué en elle au moment précis où Antoine avait prononcé les paroles qu'elle espérait tant. Pas de réaction surprise, pas de fuite, pas d'air offusqué. Antoine avait simplement répondu. Parce qu'au fond de lui, Antoine avait toujours su que cette jeune femme était loin d'être comme les autres. Dès le début de leur relation, il avait eu cette intuition forte : Jade serait la personne avec qui il passerait le reste de son existence. Et peut-être pour la première fois de sa vie, il n'avait pas eu envie de tout gâcher.

Ce fut peut-être à partir de cette discussion que Jade s'autorisa à tomber amoureuse d'Antoine. Il y en eut d'autres, des moments comme ceux-là. Des journées où les belles surprises, les preuves d'amour et les moments de complicité s'étaient accumulés. Comme celle où Antoine lui apporta des framboises parce qu'elle lui avait dit la veille que c'était son fruit préféré. Ou celle où, trois semaines après avoir emménagé ensemble, il lui avait demandé de préparer ses affaires et l'avait emmenée en week-end surprise au bord de la mer. Il y en eut énormément de ces jours où Jade comprit qu'Antoine était différent des autres hommes qu'elle avait connus auparavant. Cinq ans avaient passé depuis la fameuse conversation et les sentiments n'avaient fait que s'épanouir, jusqu'à atteindre leur paroxysme. Un point si culminant qu'elle ignorait possible l'existence d'une passion aussi puissante. Tant qu'elle s'interrogeait parfois : pouvait-on mourir d'un amour trop fort ? Pouvait-on crever de trop s'aimer ?

Il allait aussi falloir prévenir sa directrice, Romane. Mais Jade avait toujours exercé dans cette école, elle savait que tout le monde se réjouirait pour elle. Et puis, Romane et elle s'entendaient bien, aussi Jade était persuadée que Romane accueillerait positivement la nouvelle. Y avait-il un délai légal pour informer sa hiérarchie d'une grossesse ? Tellement de questions se bousculaient dans sa tête ! Cependant, la seule qui comptât à ce moment-là, la plus importante, lui vrillait l'esprit depuis l'annonce du docteur. Voulait-elle vraiment de cet enfant ? Bien sûr, le sujet était d'actualité... Depuis que leur premier couple d'amis étaient devenus parents, en réalité. La nouvelle avait été un véritable élément déclencheur. En rencontrant le nouveau-né, l'envie d'avoir à leur tour leur propre bébé avait fait son chemin. Peu de temps après, Jade avait arrêté la pilule. Ils avaient essayé une première fois. Une première fois qui s'était soldée par une horrible douleur qu'elle n'avait toujours pas réussi à soigner entièrement.

Voulait-elle cet enfant ?

Jade avait toujours voulu être mère avant ses 30 ans. Ses propres parents l'avaient eue jeune et elle adorait la proximité qui les liait. Elle avait toujours passé beaucoup de temps avec eux et leur complicité était très forte. Naturellement, elle voulait reproduire ce schéma à son tour. Son rêve se dessinait une seconde fois. Mais maintenant que la réalité prenait forme, elle était saisie de doutes.

Jade se perdit dans les rues de Paris, slalomant entre les piétons, encombrant les trottoirs parisiens de ses pensées. Enfin, l'idée prit racine en elle.

CHAPITRE 2

— Bonsoir, mon amour ! Tu as passé une bonne journée ?

Surprise, Jade sursauta.

— Tu m'as fait peur ! Je n'avais pas fait attention à l'heure. Comment ça va ? Ça a été, le boulot, aujourd'hui ?

Antoine était avocat dans un petit cabinet parisien spécialisé dans le droit des familles. Un métier qui fascinait Jade autant qu'il l'indignait. Le droit était une filière qu'elle avait envisagée lorsqu'elle était adolescente… jusqu'à ce qu'elle comprenne qu'en étant avocate, on ne défendait pas que les innocents. Les dossiers d'Antoine suscitaient souvent de longues conversations et parfois des disputes, puisque Jade s'évertuait à parler de justice et de culpabilité là où Antoine ne voyait que des clients. Elle ne comprenait pas que son métier ne lui pose pas de problème éthique, et cela l'interpellait constamment. Cependant, leurs discussions étaient mesurées – Antoine n'était pas pénaliste et ne plaidait pas dans des affaires de meurtres ou d'agressions.

— Oh, pas trop mal. Encore des divorces, c'est à se demander pourquoi les gens se marient ! On se fait livrer de quoi dîner ?

La soirée qui se profilait avait tout pour plaire à Jade : pas de cuisine ni de vaisselle, des bougies, un bon film en amoureux ! Ils avaient toujours su se réserver des moments d'intimité parmi le tumulte de leur vie dans la capitale. Un parfait équilibre entre leur vie sociale et leur vie de couple. Ils savaient profiter du temps passé avec leurs amis pour mieux savourer leurs moments tous les deux.

Si seulement il lui avait suffi de si peu pour réussir à se réjouir… Ce soir-là, Jade était ailleurs, et Antoine le sentait. Elle posait des questions sans écouter ses réponses, elle rêvait, elle était plongée dans ses pensées. Antoine avait toujours admiré la vie intérieure profonde de sa fiancée et il savait qu'il ne servait à rien de la brusquer : si quelque chose la contrariait, elle lui en parlerait tôt ou tard. Ainsi, Antoine ne se formalisa pas de l'absence manifeste de Jade lorsqu'ils regardèrent un film, blottis l'un contre l'autre sous un plaid. Il saurait se montrer patient et prévenant, comme il l'avait toujours été depuis leur rencontre. Cela remontait à cinq ans auparavant, lors de l'anniversaire de sa cousine, Louise. Il n'était pas sûr de pouvoir se libérer ce soir-là et puis, à la dernière minute, son emploi du temps s'était allégé et il était finalement allé à cette petite fête surprise. Louise était évidemment entourée de tous ses amis. Sa meilleure amie avait tout organisé avec la complicité de Paul, le frère de Louise. Cette meilleure amie, c'était Jade. La famille n'était pas vraiment prévue, mais ils avaient fait une exception pour Antoine. Après tout, Louise adorait répéter que son cousin était le premier ami que la vie lui avait offert ! Et c'est ainsi qu'ils avaient fait connaissance. Le courant était tout de suite passé entre eux, mais Jade sortait d'une histoire douloureuse et ne se sentait pas prête à s'investir immédiatement dans une nouvelle relation. Ils s'étaient recroisés par hasard, quelques semaines plus tard, dans une librairie parisienne. Antoine lui avait proposé d'aller boire un verre, Jade avait hésité. Bien sûr, elle l'avait remarqué et avait déjà craqué sur ses beaux yeux verts. Mais c'était le cousin de Louise, elle ne pouvait quand même pas jouer avec un membre de la famille de sa meilleure amie... Jade avait finalement accepté, se disant qu'elle était une grande fille et que Louise ne lui en voudrait certainement pas. De fil en aiguille, les sentiments étaient venus. Et depuis, leur couple s'était imposé comme une évidence.

Antoine, lui, avait tout de suite su. C'était elle. Lorsqu'il s'était rendu compte qu'elle était partie de cette fameuse fête sans qu'il ait pu lui demander son numéro, il s'était assombri. Pour autant, Antoine avait toujours été un fervent partisan du destin, et avait décidé de s'en remettre à lui : si cette fille était la bonne, alors il la reverrait. Forcément. Il aurait pu céder à la facilité de demander son numéro à Louise, c'est vrai... Mais il ne le fit pourtant pas et la chance lui donna raison. Lorsqu'ils se rencontrèrent à nouveau, Antoine y vit un signe et se jura de ne plus jamais la laisser partir. Il choisit de la conquérir en s'adaptant à son rythme et à ses règles. Plus encore que sa patience, c'est le respect dont il fit preuve qui séduisit Jade : elle comprit que cet homme était prêt à accepter ses choix et ses décisions.

« C'est avec cet homme-là que j'aurai un enfant un jour. » Cette réflexion lui était arrivée spontanément, naturellement. Et c'est exactement ce qui était sur le point d'arriver d'ici quelques mois.

CHAPITRE 3

TROIS JOURS APRÈS ÊTRE ALLÉE CHEZ LE MÉDECIN, Jade était toujours en proie à une profonde réflexion. Debout devant le miroir de sa salle de bains, nue, elle observait son corps avec un regard vide. L'idée que ce ventre abritait un autre être vivant était bel et bien parvenue jusqu'à elle. Elle avait tant rêvé de ce moment, tant espéré ce jour où elle aurait enfin pu annoncer l'heureuse nouvelle à Antoine… Pourquoi fallait-il que la vie complique toujours tout ? C'était comme si son propre corps ne lui appartenait plus, comme s'il était désormais celui de quelqu'un d'autre. Elle n'était qu'une âme qui habitait cette coquille vide.

CHAPITRE 4

Mercredi 17 octobre

NOUVEAU CARNET pour une nouvelle vie. Une nouvelle vie sans toi à mes côtés.

J'aimerais que le jour de ma mort, tout le monde s'accorde à dire que j'ai été quelqu'un de bien. Est-ce faire preuve d'égocentrisme que d'exprimer un tel souhait ? Ce n'est pas pour moi que je souhaite être une bonne personne. C'est pour toi, pour Antoine, pour mes parents. Pour vous rendre fiers. Pour avoir donné du bon à cette Terre.

Je veux œuvrer pour le bonheur des gens que j'aime. Je veux donner mon maximum pour les rendre heureux. Je veux leur faire sentir qu'ils comptent pour moi, je veux agir pour eux comme j'aimerais que l'on agisse pour moi. Pour n'avoir aucun regret le jour de ma mort. Est-ce égoïste de ma part d'encore et toujours tout rapporter à moi ? Je me sens mièvre en écrivant ceci, et pourtant, j'aimerais tant réussir ma vie en m'investissant pour les autres...

Je pense qu'il est essentiel de mener son existence selon la ligne de conduite que l'on se fixe. Je rêve d'être quelqu'un de bien. Je souhaite être quelqu'un d'utile. J'aimerais montrer que les autres ont de l'importance pour moi, et qu'il n'y a pas de petits actes.

Et je tiens surtout à vivre chaque jour comme s'il était le dernier, afin de profiter de tout instant comme s'il allait s'évaporer. Avoir conscience de la chance que j'ai d'être vivante parmi l'éphémère de l'existence.

CHAPITRE 5

DEPUIS DEUX SEMAINES, Antoine ne la reconnaissait plus. Jade passait son temps à rêvasser, elle était ailleurs en permanence, elle ne mangeait plus, à peine écoutait-elle lorsqu'il lui racontait ses journées, elle qui habituellement aimait tant y prendre part.

Lorsqu'ils s'étaient rencontrés, Antoine était tombé amoureux de l'idéalisme dont Jade était empreinte. C'était une femme qui s'investissait corps et âme. Ne supportant pas l'injustice, elle faisait tout ce qui était en son pouvoir pour lutter contre les discriminations, et avait à cœur de défendre les inégalités, grandes ou petites. Antoine aimait son indignation permanente qui lui permettait de sans cesse remettre en question la société. Elle menait de front tant de combats à son échelle !

Pourtant, depuis quelque temps, son énergie avait disparu et cédait la place à un état de mélancolie inhabituel. Antoine avait tenté de la questionner. Était-ce son travail qui la souciait ? Jade était institutrice dans une classe de CM2, au sein d'une école du Xe arrondissement. Toutes les semaines, elle passait des heures à préparer ses cours. Elle voulait tout faire pour intéresser ses élèves et qu'ils trouvent l'école aussi ludique que possible : initiation à la langue anglaise, visite dans des musées, cours de sport, lecture… En plus de cela, elle encadrait les cours de soutien du soir pour les élèves en difficulté et prenait beaucoup de temps pour conseiller les parents dans l'accompagnement scolaire de leurs enfants. Elle était entourée d'élèves provenant d'univers très différents, et les inégalités qui les touchaient étaient déjà frappantes à cet âge. Jade faisait de son mieux pour leur donner les mêmes armes, afin que chacun ait ses chances de réussir dans la vie.

Peut-être qu'un élève perturbateur lui donnait du fil à retordre ? Peut-être avait-elle été confrontée à un problème de discipline ? Antoine savait que c'était ce qu'elle redoutait le plus. À 10 ans à peine, les enfants pouvaient avoir un sacré répondant. Antoine se souvint qu'elle devait prochainement accueillir une jeune stagiaire pendant plusieurs semaines. Peut-être cela lui donnait-il un supplément de travail ? Ou avait-elle eu un accrochage avec un parent d'élève ? Cela arrivait parfois.

Pour tenter de lui changer les idées, Antoine avait prévu ce soir-là de l'inviter à dîner dans un restaurant des hauteurs de Montmartre, puis de l'emmener se balader dans ce quartier que Jade affectionnait tout particulièrement. Il était de ces gens qui aiment embellir le quotidien de ceux qui les entourent en multipliant les petites attentions, tantôt un bouquet de fleurs, tantôt un petit cadeau, et toujours beaucoup de mots doux. Pour autant, il n'était pas non plus prêt à tous les sacrifices et n'aimait pas se faire marcher dessus. Jade et Antoine avaient su créer un bel équilibre dans leur relation, aucun des deux ne prenant le pouvoir sur l'autre. Ils avaient souvent débattu ensemble et, peu à peu, Jade lui avait ouvert les yeux sur bien des réalités que rencontrent les femmes aujourd'hui.

Antoine avait donné rendez-vous à Jade devant le Sacré-Cœur, il savait qu'elle ne pouvait résister à entrer dans la basilique, dans laquelle elle aimait brûler un cierge et penser aux personnes disparues. Elle n'était pas très croyante, mais elle aimait les rituels et la solennité des églises l'y aidait beaucoup. Ce soir-là, pourtant, Jade le surprit en refusant d'entrer dans le monument qu'elle affectionnait tant.

— Tu es sûre, mon amour ? Mais tu insistes à chaque fois qu'on passe devant !

— Pas cette fois.

Ils prirent la direction du restaurant qui surplombait la butte en marchant silencieusement, main dans la main.

— Tu es bien calme, en ce moment, ma chérie. Quelque chose ne va pas ?

— Mais non, tout va bien ! Je t'assure. Peut-être un peu de fatigue ? Et toi ? Tu n'as pas une petite anecdote à me raconter cette semaine ?

Jade savait qu'en lançant ce sujet, Antoine serait intarissable pour tout le reste de la soirée. « L'anecdote de la semaine » était une petite habitude qu'ils avaient instaurée, chaque vendredi soir : lorsqu'ils se retrouvaient pour dîner, chacun devait raconter à l'autre l'histoire la plus marquante de sa semaine. Souvent, Antoine puisait dans ses dossiers ou ses rencontres avec ses nombreux clients pour raconter à Jade des moments drôles, parfois surprenants. Des secrets de famille, des situations cocasses, des blagues racontées par ses collègues... Antoine trouvait toujours quelque chose pour alimenter la discussion. Ce qui était d'ailleurs toujours apprécié lors des dîners de famille ou des repas entre copains. Il était de nature sociable et bavarde, ce qui lui avait valu d'être très rapidement intégré par la petite bande d'amis de Jade et Louise. Au début, Louise n'était pas enchantée de voir son cousin tourner autour de sa meilleure amie : elle craignait qu'il ne s'amuse avec les sentiments de Jade, et que celle-ci en soit ébranlée et en vienne à prendre de la distance avec elle. Néanmoins, lorsqu'elle comprit que leur histoire était partie pour durer, Louise se réjouit de tous les avantages que cela lui procurait, et sa joie culmina lorsqu'elle découvrit que, s'ils se mariaient, Jade partagerait avec elle tous les prochains repas de famille, des épreuves terriblement ennuyeuses à ses yeux.

Louise… comme elle serait heureuse, elle aussi, à l'idée de devenir tata ! Ou plutôt, marraine. Car voilà bien longtemps que la décision avait été prise, probablement à l'époque de leur adolescence, lorsqu'elles fantasmaient toutes deux sur des stars aujourd'hui passées aux oubliettes. Un pacte de sœurs, une promesse jamais oubliée et qui serait bientôt honorée. Le jour où l'une deviendrait mère, l'autre deviendrait marraine de l'enfant.

Il allait falloir choisir un parrain aussi, mais quelqu'un de suffisamment fiable pour s'occuper du bébé et qui formerait un duo parfait avec Louise. Jade n'était pas inquiète sur la capacité de Louise à devenir une marraine extraordinaire. Elle aimait trop les enfants pour ne pas prendre son rôle au sérieux. Pour ce qui était du parrain, en revanche, ça serait une autre histoire. À tous les coups, Antoine allait vouloir choisir lui-même parmi ses copains. Et là, l'histoire se corsait.

Jade avait eu du mal à s'intégrer parmi les amis d'Antoine. Oh, elle avait bien sûr essayé, surtout au début. Elle était présente à chaque match de rugby qu'ils avaient l'habitude d'aller voir ensemble au bar irlandais, leur QG officiel depuis qu'ils s'étaient tous rencontrés à la fac. Elle avait même fait l'effort de retenir les règles de ce jeu qu'elle n'avait pourtant jamais aimé ! Ses amies étaient très importantes pour elle, et cela lui tenait à cœur qu'Antoine s'entende bien avec elles. Alors, elle voulait simplement faire de même pour lui. S'intéresser à eux, c'était également s'intéresser à Antoine, d'une manière détournée, et inconsciemment, Jade voulait faire les choses au mieux pour que tout le monde l'apprécie. Cependant, malgré ses tentatives, elle n'avait jamais réellement accroché avec cette bande qu'elle trouvait immature. Leur passe-temps favori ? Boire et parler de filles, comme si elle n'existait pas. Alors évidemment, lorsque l'on connaissait Jade et son engagement féministe, cela ne faisait pas bon ménage. Progressivement, elle avait cessé de venir, laissant carte blanche à son homme pour ses soirées entre potes auxquelles elle ne prenait aucun plaisir. Antoine lui avait souvent affirmé que les choses changeraient quand ses amis rencontreraient à leur tour l'âme sœur. Et effectivement, avec l'arrivée d'une autre femme dans le groupe, la situation avait évolué. Désormais, ce n'était plus un calvaire pour Jade de retrouver Antoine et ses amis, elle savait qu'elle pouvait compter sur leurs compagnes pour passer une soirée agréable. Ils avaient même décidé de passer dorénavant chaque année un week-end tous ensemble.

Pour le parrain, il restait l'option du frère d'Antoine, qui était sûrement la meilleure des solutions. Gabriel serait enchanté à cette idée. D'autant qu'à 35 ans, et après avoir eu deux garçons, il était parfaitement mûr pour ce rôle. Antoine était fou de ses neveux, raison pour laquelle Jade avait toujours su qu'il serait un père formidable.

Après le dîner, ils firent une petite balade. Peut-être le moment était-il venu ? Antoine attendait probablement que Jade se confie à lui. À bien y réfléchir, Jade en était certaine : toute cette mise en scène avait pour seul et unique but de l'inciter à s'épancher. Mais le pauvre Antoine allait devoir attendre, car non, Jade ne se sentait toujours pas prête.

CHAPITRE 6

Le silence de Jade était si assourdissant qu'il emplissait l'atmosphère. Pour la première fois depuis qu'ils se connaissaient, Antoine ne savait pas comment l'appréhender. Voilà plusieurs semaines déjà qu'il attendait que Jade se confie à lui, mais elle n'en faisait rien. À peine la porte de leur appartement s'était-elle refermée qu'elle se dirigeait déjà vers la salle de bains pour se déshabiller. Antoine avait espéré une tout autre conclusion à leur soirée romantique, mais là encore, il savait qu'il ne servirait à rien de la brusquer. Ils ne faisaient plus très souvent l'amour, ces derniers temps. Il la rejoignit simplement dans la salle de bains et la prit dans ses bras alors qu'elle se démaquillait. Silencieux tous les deux, ils se regardaient en se serrant l'un contre l'autre. La parole n'était pas toujours nécessaire entre eux ; parfois, c'était en ne se disant rien qu'ils se comprenaient le mieux. En un regard complice, ils pouvaient lire en l'autre aussi clairement et distinctement que s'ils s'étaient parlé. Et pourtant, ce soir-là, c'était loin d'être le cas.

Ils n'étaient pas seulement deux à se câliner en cet instant. Comment Antoine aurait-il pu s'en douter ?

CHAPITRE 7

L'IDÉE D'ANNONCER LA NOUVELLE À ANTOINE n'avait pas réellement germé en Jade. Bien sûr, elle savait qu'elle devait le faire et, pourtant, c'était comme si cette simple pensée ne cessait de s'échapper de son esprit, comme une corvée que l'on garde en mémoire et qui ne réapparaît que de manière ponctuelle. Quand elle lui annoncerait, elle ne pourrait pas espérer échapper aux effusions de joie de son compagnon. Il allait falloir qu'elle accepte de faire le deuil de sa tranquillité pour faire place au bonheur d'Antoine. Ils avaient tant attendu cet enfant, comment pourrait-il comprendre son manque d'enthousiasme et sa profonde lassitude ? Pourtant, elle continuait à ignorer sa grossesse, volontairement ou inconsciemment.

Combien de temps lui faudrait-il pour accepter la nouvelle ? Pour accepter cet autre qui venait s'immiscer dans leur vie, de façon durable, permanente ?

Quand serait-elle prête à en parler ? Probablement jamais.

CHAPITRE 8

LA MÉLANCOLIE DE JADE ÉTAIT PROFONDE, rien n'était clair dans ses pensées. Elle n'avait toujours pas prévenu la directrice de l'école, non plus, il faudrait y songer. Elle n'avait même pas consulté les sites sur la législation, elle s'était pourtant noté de le faire, mais cela lui était sorti de l'esprit. C'était comme si elle n'était pas directement concernée par la question. Comme si elle avait le temps, alors que… Elle avait purement oublié de se renseigner. Depuis qu'elle avait appris sa grossesse, Jade poursuivait sa vie comme si de rien n'était, refusant que tout ait à ce point changé. Elle continuait à boire du champagne, comme la veille au restaurant. Elle fumait, aussi, quelques cigarettes par jour. Jamais plus de cinq. N'était-elle pas censée arrêter, pourtant ? N'est-ce pas ce que tous les médecins recommandaient dans sa « situation » ? Cela ne lui avait même pas traversé l'esprit. Elle avait tellement voulu cet enfant qu'elle en avait idéalisé sa future grossesse. Et maintenant qu'elle y faisait face, elle ne ressentait que de la détestation. Elle ne voulait pas qu'un autre décide à sa place de ce qu'elle était libre ou non de faire. Alors elle faisait taire la petite voix en elle qui la sommait de se comporter différemment et continuait simplement comme avant.

Ce matin-là, en prime, elle était en retard. Pas le temps d'y réfléchir à deux fois, elle enfila la première chose qui lui tomba sous la main en sortant de la douche, but un café noir, ne prit même pas la peine de manger et fila prendre le métro, direction Grands Boulevards. L'école dans laquelle elle enseignait se situait en plein cœur de Paris. Quelle chance ! Elle ne mettait que trente minutes à la rejoindre depuis leur appartement du XVIIe arrondissement. Tout le monde ne pouvait pas en dire autant ! Ses collègues étaient nombreux à venir de banlieue et à se retrouver piégés par la RATP le matin.

Faire l'impasse sur le petit déjeuner était une grossière erreur, elle aurait dû le savoir ! Si jusqu'à présent Jade pouvait se vanter d'avoir évité les contrariétés les plus communes de son état, ce matin-là fit exception à la règle. Les traditionnelles nausées se manifestèrent d'abord alors qu'elle était coincée dans la ligne 9. Elle n'eut que le temps de se ruer vers les portes du métro pour vomir dans une poubelle, au grand dam d'une vieille dame qui s'insurgea à coups de « Mais où va la jeunesse d'aujourd'hui ! Des gueules de bois en pleine semaine ! ».

— Je suis enceinte, vieille bique, me saoule pas !

Là, au moins, la vieille pourrait se plaindre de son manque de respect. Jade avait le mérite de l'avoir fait taire : elle l'aperçut qui disparut dans un couloir aussi vite que sa canne le lui permettait.

Elle aurait dû être contrariée de s'être énervée et de s'en être prise à une personne âgée. Mais la seule chose qui la choquait, dans la scène qui venait de se produire, c'étaient ses propres paroles. Comme si, en prononçant les mots à quelqu'un d'autre qu'elle-même, elle les avait rendus réels. Comme si ce bébé qu'elle mettait un point d'honneur à ignorer depuis plusieurs semaines prenait subitement une réalité. Et comme le poids de cet enfant se faisait ressentir, les nausées se manifestèrent pour un deuxième round. Si son esprit la leurrait en ignorant cette nouvelle, son corps la trahissait.

CHAPITRE 9

Évidemment, Jade arriva encore plus en retard qu'elle ne l'était déjà au départ. Heureusement pour elle, ses élèves avaient été pris en charge par la seconde institutrice de CM2 de l'établissement. Elles avaient l'habitude de se soutenir et parvenaient à s'arranger mutuellement lorsqu'une urgence survenait.

Jade intégra sa classe en réclamant le silence, un des grands leitmotivs de son métier. Cette année, elle n'avait pas beaucoup d'éléments perturbateurs dans ses rangs, mais il suffisait d'un ou deux pour entraîner tous les autres. Elle veillait donc à ce que la discipline soit toujours de mise, sans se montrer trop sévère.

Elle commença par informer les enfants qu'une nouvelle maîtresse allait arriver la semaine suivante pour l'aider à s'occuper d'eux. S'il s'agissait en réalité d'une stagiaire qui lui avait été confiée pour les prochains mois, elle ne tenait pas à faire sentir la différence de statut à ses élèves. Ils savaient profiter de la moindre brèche ! Jade avait juste appris que sa future assistante était la fille d'une amie de la directrice qui terminait son master d'enseignement. Elle avait entendu dire qu'elle se prénommait Andréa et qu'elle postait des vidéos sur YouTube. Jade s'était noté d'aller en regarder une ou deux, histoire de cerner un peu la personnalité de la jeune femme qu'elle allait accueillir, mais elle n'avait pas encore pris le temps de s'en occuper.

La journée défila à toute allure. Le temps passait toujours très vite en compagnie des enfants ; Jade multipliait les leçons tout en respectant l'emploi du temps qui imposait de varier toutes les heures les matières pour ne pas nuire à la concentration des plus dissipés. La cloche sonna alors qu'elle terminait de distribuer les devoirs pour le lendemain. Elle s'occupa des cours de soutien, attendant patiemment que les parents arrivent au compte-gouttes pour récupérer leur progéniture. Il était 19 heures passées au moment où elle quitta enfin l'établissement.

Lorsqu'elle rentra chez eux, Antoine était déjà là.

— Bonsoir, ma chérie ! Je suis rentré plus tôt aujourd'hui, je voulais te faire une surprise, mais tu n'étais pas là. J'avais oublié que tu devais faire des courses.

Il n'était pas le seul. Jade aussi avait oublié sa promesse de passer au Monoprix du coin pour acheter les deux ou trois denrées manquantes pour tenir jusqu'au week-end.

— Je suis désolée, ça m'était sorti de l'esprit… peut-être qu'on pourrait commander quelque chose ?

— Encore ? Ça fait déjà trois fois, cette semaine… Mince alors, si j'avais su, j'y serais allé avant de rentrer. J'aurais même eu le temps de te préparer un petit plat !

— Excuse-moi, Antoine… je suis fatiguée en ce moment.

Fatiguée, agitée, préoccupée, stressée… Il y avait une multitude d'adjectifs qui pouvaient en réalité qualifier l'état d'esprit de Jade.

— Ce n'est rien, ne t'en fais pas. Est-ce que tout va bien ?

Voilà. Antoine s'y était risqué. Lui qui d'habitude préférait attendre que sa femme fasse le premier pas avait laissé l'inquiétude parler à sa place. Il avait simplement besoin d'être rassuré, cela faisait quelque temps qu'il la trouvait distante. Il avait besoin d'elle. Besoin de la sentir, de la toucher, de la protéger. Besoin qu'elle s'ouvre enfin à lui.

Ils n'avaient jamais connu une aussi longue période sans se parler, sans se parler *vraiment.*

— Oui, ne t'en fais pas, tout va bien.

Jade était évasive, ce n'était pas son habitude. Quand quelque chose la contrariait, elle avait besoin d'en parler, encore et encore, jusqu'à ce qu'Antoine soit parfois obligé de l'arrêter. Pourtant, voilà un an que Jade n'était plus la même et, depuis deux mois, c'était tout juste si elle ne se murait pas dans le silence. Antoine ne s'était jamais senti aussi éloigné de la femme qui partageait sa vie.

CHAPITRE 10

Jeudi 18 octobre

LES JOURS PASSENT, déjà presque une semaine que tu n'es plus de ce monde, et je ne comprends toujours pas comment la Terre peut bien continuer à tourner. J'ai l'impression de m'éteindre à petit feu. Sans doute les mots sont-ils mal choisis. Ou peut-être sont-ils au contraire fort à-propos.

J'ai l'impression que mon cœur s'est vu amputé de la moitié de lui-même. Tout est allé tellement vite. Nous avions tellement de temps.

L'absurdité de la vie.

J'écris car les jours passent et rien ne (re)vient.

Ni Antoine.

Ni toi.

Je prie, mais sans plus croire en Dieu. Comment pourrait-il exister après ce qu'il t'a fait ?

CHAPITRE 11

LA PERSPECTIVE DE CETTE NAISSANCE plongeait Jade dans un océan de souvenirs, l'immergeant dans une répétition ironique qui ne pouvait être que l'œuvre du destin.

Ce n'était pas la première fois.

Ce n'était pas la première fois que Jade portait un enfant.

Il y avait eu ce débordement de bonheur avant que tout ne s'arrête brutalement et la laisse exsangue. Elle se souvenait de ce jour particulier où, ne tenant plus, elle avait partagé ce si précieux secret avec Antoine.

Jade avait toujours aimé les surprises : et surtout les orchestrer. Alors, évidemment, s'agissant de sa grossesse, elle s'était tout particulièrement appliquée pour que l'effet soit mémorable. Elle souhaitait que chacun de ceux à qui elle l'annoncerait se remémore ce moment avec tendresse et, bien sûr, Antoine le premier. Un an plus tôt, Jade avait passé de longues heures à réfléchir à la meilleure façon de lui dire : la nouvelle requérait une mise en scène minutieuse et tout spécifiquement réfléchie. Sa joie était telle qu'elle voulait y mettre tout son cœur, qu'Antoine se souvienne toute sa vie de ce moment. Plus que tout, elle voulait ajouter ce jour à la liste des moments marquants de leur amour.

Bien sûr, il y avait eu la tentation d'aller chercher de l'aide auprès de son ami Google. Mais Jade tenait à ce que cette surprise vienne d'elle, intégralement. Alors, elle avait eu une idée. Et qui s'était enracinée, signe que c'était la bonne.

Le jour où Jade avait décidé de mettre son projet à exécution, elle s'était réveillée aux aurores. Elle avait préparé plusieurs rappels sur son réveil, pour être sûre d'ouvrir les yeux à temps et de tout préparer comme elle l'avait imaginé. Comme Antoine le méritait. Pour qu'il puisse se souvenir de ce moment toute sa vie.

Elle avait donc commencé par prendre sa douche, et avait particulièrement soigné son maquillage. Elle avait toujours aimé se faire belle, s'occuper de sa peau, de son teint, de ses yeux, sans jamais trop en faire. Cependant, elle avait encore été plus minutieuse que d'habitude car elle voulait souligner la singularité de ce jour, et que sa saveur résonne longtemps dans leur mémoire à tous les deux. Elle s'était affairée dans le dressing, et avait choisi une robe qui mettait particulièrement ses courbes en valeur et qu'Antoine aimait beaucoup. Ce qu'elle avait voulu avant tout, c'était lui faire plaisir. Elle avait laissé ses cheveux détachés. C'était ainsi qu'Antoine la préférait. Il disait que cela faisait ressortir sa féminité, il adorait lui caresser les cheveux. Lorsque enfin tout avait été prêt, Jade était entrée dans la salle de bains, et s'était occupée de la touche finale.

Antoine avait ouvert les yeux une heure plus tard. Une délicieuse odeur de bacon grillé lui était montée aux narines. Tous les deux adoraient les petits déjeuners, et ils aimaient varier les plaisirs. Souvent, ils se préparaient des petites surprises comme des omelettes ou des pancakes, sans jamais se fixer de règle. Ils aimaient s'étonner l'un l'autre. Pour eux, les petits déjeuners singuliers avaient le goût des vacances.

Antoine s'était donc levé, l'estomac dans les talons. Contrairement à Jade pour qui chaque minute de sommeil était précieuse, il aimait parfois se réveiller tôt et profiter des premières heures de la matinée en prenant son temps : flâner dix minutes de plus sous l'eau chaude de la douche, lire le journal du jour, aller chercher des viennoiseries pour sa belle, faire une demi-heure de sport... Jade ne pouvait se permettre quelques heures de sommeil supplémentaires que le week-end. Connaissant son goût pour le repos, il avait été étonné de voir qu'elle était déjà debout et lui avait préparé un buffet royal en pleine semaine.

Ils avaient pris leur temps en sirotant chacun une orange pressée. Antoine n'avait pas questionné Jade sur la raison de son réveil si matinal, de sa tenue si apprêtée ou de son apparence encore plus soignée qu'à l'accoutumée. Il attendait qu'elle se raconte d'elle-même. Mais Jade n'avait rien dit de ses intentions, savourant seulement l'effet de sa surprise.

D'une humeur enjouée, Antoine s'était tranquillement dirigé vers la salle de bains où une épaisse buée avait recouvert le miroir. Il s'était déshabillé sans y prêter attention et était entré dans la douche brûlante où il avait passé un temps bien plus long que nécessaire, savourant simplement la sensation de l'eau bouillante qui s'écoulait le long de son corps. En sortant, il avait tâtonné à l'aveugle pour trouver une serviette chaude qui l'attendait, sagement pliée à proximité. Décidément, ce matin-là, Jade avait tout prévu ! C'était en se séchant qu'il l'avait vue. Elle lui avait échappé en entrant dans la salle de bains, parce qu'il avait été trop rapide. Mais une fois que son attention avait été focalisée sur le miroir, il n'avait pas pu manquer l'inscription qui y figurait, et qui avait été tracée par le rouge à lèvres de Jade.

Sur toute la longueur du grand miroir, il avait pu lire : « 1 + 1 = 3 ».

Jade se souvenait.

— Mon cœur ?

Elle avait observé Antoine décrypter son message, perplexe. Ses sourcils s'étaient froncés un quart de seconde avant que son regard ne s'éclaire. Lorsqu'il s'était retourné, il avait vu sa fiancée épier sa réaction, un immense sourire aux lèvres.

— Mon cœur, qu'est-ce que ça veut dire ? Est-ce que… est-ce que c'est ce que je crois ?

Il n'avait pas osé se réjouir, ni même esquisser l'ombre d'un sourire, de peur d'avoir mal compris. Mais après avoir vu Jade acquiescer d'un hochement de tête, Antoine n'avait pu contenir davantage son bonheur.

— Oh mon Dieu, mon amour ! On va avoir un bébé ! On va être parents !

Il s'était précipité et l'avait soulevée dans les airs, embrassant chaque centimètre carré de sa peau. À ce moment précis, le reste du monde avait cessé d'exister. Moment sacré.

Jade avait été tellement heureuse de voir la surprise d'Antoine qu'elle en avait presque pleuré. Les émotions étaient difficiles à contenir, depuis quelques semaines.

Antoine l'avait attrapée par les hanches et s'était mis à la déshabiller frénétiquement. Leurs corps connaissaient le chemin par cœur.

Tout cela s'était produit onze mois plus tôt.

Quelques mois avant que tout ne s'effondre subitement autour de Jade.

CHAPITRE 12

Jade n'était enceinte que de deux mois lorsqu'elle avait perdu son bébé.

Une culotte pleine de sang, un matin, au réveil. Elle avait cru en perdre des litres et des litres. Elle avait hurlé. Antoine avait accouru, l'avait conduite aux urgences. Alors que Jade faisait une crise de panique telle qu'elle n'arrivait même plus à respirer, Antoine avait fait preuve d'une grande maîtrise de lui-même. Ils avaient compris tous les deux, bien avant que l'interne ne le leur annonce.

— Je suis vraiment désolée, madame Loiseau. Mais les fausses couches, ce sont des choses qui arrivent malheureusement. Et bien plus fréquemment qu'on le pense ! Figurez-vous que cela concerne 15 % des grossesses ! Mais rassurez-vous, vous nous ferez bientôt un nouveau bébé qui réussira à s'accrocher ! Et celui-là, ça sera un sacré petit gaillard, je peux vous le dire !

Des mots lourds qu'elle n'avait toujours pas réussi à évacuer. Même si sa gynécologue attitrée lui avait été d'un précieux soutien dans ce deuil, le souvenir de ce moment était encore très marqué dans son esprit.

Elle avait été dévastée.

Antoine, lui, s'était montré solide. Il fallait bien que l'un d'entre eux le soit pour l'autre. Il n'avait pas eu la possibilité de s'épancher, il s'était senti investi de la responsabilité de porter leur couple. Jade lui en avait voulu, elle s'était sentie seule face à ce deuil. Personne d'autre n'avait été mis au courant, pas même ses propres parents. Louise non plus n'en avait rien su. Ce bébé à venir était un secret précieux qu'ils avaient voulu garder pour eux, et qu'on leur avait arraché avant qu'ils n'aient eu le temps de le révéler.

Après la douleur était apparue la culpabilité. Celle d'être responsable de la perte de leur bébé. Qu'avait-elle donc fait de mal pour tuer ainsi ce petit être qui s'était niché en elle ? Était-ce un effort physique qu'elle aurait dû éviter ? Un aliment qu'elle n'aurait pas dû avaler ? Plus le temps passait et plus les questions tournaient en boucle dans sa tête. Des questions qu'elle gardait pour elle. Antoine, lui, n'en avait jamais reparlé, ce qui avait fait d'autant plus souffrir Jade. C'était comme s'il avait nié cette expérience traumatisante, comme si, par là même, il reniait l'existence même temporaire de leur enfant et le deuil de sa compagne.

Alors, seule face à sa souffrance, Jade avait voulu rencontrer d'autres femmes dans son cas. Sur les conseils de sa gynécologue, elle s'était rendue à un groupe de parole pour les « personnes dans sa situation ». Sans même prévenir Antoine. Elle comptait bien le faire, aborder le sujet lui semblait vital pour leur couple, seulement la première séance ne s'était pas réellement déroulée comme elle l'avait imaginée : elle ne s'était pas sentie à sa place autour de ces femmes qui avaient réellement tenu leur bébé, mort, entre leurs bras, et elle avait eu l'impression de dramatiser sa souffrance, et ensuite… Ensuite, elle n'avait tout simplement pas trouvé utile d'alerter Antoine. Puis, elle avait fini par intérioriser sa douleur, la faisant taire avec l'espoir d'un nouveau bébé, un jour. Bientôt.

Jamais un nouvel enfant ne remplacerait celui qu'elle avait perdu.

CHAPITRE 13

JADE S'EMPLOYA À REDONNER un cours normal à sa vie, comme si l'annonce de cette nouvelle grossesse n'avait été qu'une invention et non une réalité. La nouvelle avait été rangée dans un coin, camouflée bien au chaud dans un des nombreux tiroirs qui peuplait son esprit et qu'elle avait décidé de ne pas ouvrir de sitôt. Un mois s'écoula à ce rythme, sans que rien ne vienne bouleverser davantage son quotidien : elle travaillait, retrouvait Antoine tous les soirs, appelait Louise régulièrement, déjeunait avec ses parents chaque dimanche.

La parenthèse de sa maternité avait été refermée aussi brutalement qu'elle avait été brièvement ouverte en cette journée de printemps.

MAI

CHAPITRE 14

Vendredi 19 octobre

MON TÉLÉPHONE N'ARRÊTE PAS DE SONNER. Je ne décroche pas. Je crains de ne rien avoir à dire et, surtout, j'ai envie d'être seule avec toi. Et le peu qui me rapproche de toi, c'est ce carnet.

Tout le monde essaie de faire irruption dans ma vie, comme si ma douleur leur en donnait le droit. Mes parents reprennent leurs droits parentaux, comme s'ils avaient leur mot à dire sur la façon de gérer ta disparition.

« Ta disparition », je n'en reviens pas d'écrire cela. J'ai encore tellement de mal à réaliser.

Le plus dur, c'est peut-être de me réveiller le matin, totalement déboussolée. Avec ces quelques secondes de plénitude pendant lesquelles j'ignore où je suis. Inévitablement suivies de cette brusque prise de conscience, rappel douloureux de la réalité : tu n'es plus là.

Est-ce que je t'en veux ? Pas autant qu'à moi.

CHAPITRE 15

DEPUIS QU'ILS SE CONNAISSAIENT, Jade et Antoine avaient pris l'habitude de profiter des ponts qu'offrait le mois de mai pour partir en week-end avec leur groupe d'amis. Ils avaient ainsi arpenté successivement Prague, le Futuroscope, les calanques marseillaises et Amsterdam. Évidemment, Louise était toujours de la partie, ce qui permettait souvent à Jade de s'échapper du reste de la bande.

Cette année-là, leur choix s'était porté sur Saint-Malo, une ville qu'Alexandre, l'un des amis d'Antoine, s'était proposé de leur faire visiter puisqu'il en était originaire.

Pour leur première journée sur place, les garçons avaient voulu profiter de la piscine couverte du gîte. Aussi séduisante qu'était cette idée, Jade l'écarta, prétextant avoir oublié d'emporter son maillot de bain. Antoine ne cacha pas son étonnement. Il connaissait bien sa femme, qui était d'une nature prévoyante. Comment avait-elle pu oublier son maillot de bain, alors que la météo annonçait un temps radieux pour tout le week-end ?

Sa confusion fut d'autant plus grande lorsque, fouillant dans leur valise commune, il tomba sur le maillot de bain de Jade.

— Ma puce, va falloir m'expliquer, là.

— OK, c'est simple, il est trop petit.

Il aurait fallu trouver mieux mais, prise de court, Jade avait sorti la première excuse qui lui était venue à l'esprit, et qui était la stricte vérité.

— Trop petit ? Mais on l'a acheté l'été dernier ! Tu ne veux pas l'essayer, pour me montrer ?

— Non, Antoine, je n'ai pas envie de l'essayer pour te montrer.

— Ce n'est rien, je n'ai qu'à te déshabiller pour te…

Au même moment, Antoine fit glisser la robe de Jade sur le sol et resta stupéfait face à ce qu'il découvrit. Cela faisait quelque temps qu'ils n'avaient plus fait l'amour, et qu'il n'avait plus vu Jade nue en plein jour. Alors quelle ne fut pas sa surprise lorsqu'il découvrit son ventre légèrement arrondi.

CHAPITRE 16

— Mon amour ? Je ne suis pas sûr de comprendre, là. Est-ce que… est-ce que tu aurais quelque chose à m'annoncer ?

Nous y voilà, pensa Jade. Le moment qu'elle repoussait et redoutait était arrivé, et bien plus tôt que prévu. Oh, elle n'avait pas voulu lui cacher volontairement la vérité. Il se trouvait juste que… elle n'y avait même plus vraiment pensé depuis son rendez-vous chez le médecin. C'était comme si cette nouvelle n'existait pas. Comme si rien n'avait changé.

Revenant subitement à la réalité, Jade hocha imperceptiblement la tête en signe de confirmation silencieux. La confusion s'effaçait sur le visage d'Antoine, à mesure qu'il intégrait la nouvelle.

— Mon Dieu, c'est merveilleux ! On va avoir un petit bébé, toi et moi, tous les deux, ensemble !

Antoine se précipita vers Jade pour l'embrasser et la serrer dans ses bras. Les yeux emplis d'émotion, il ne remarqua pas son visage figé. Jade se remémora la première fois que cette scène s'était jouée entre eux, et se crispa à ce souvenir. Peut-être que cette grossesse se terminerait comme la précédente.

Antoine ne pensa même pas à demander à Jade pourquoi elle lui avait caché la nouvelle. Il l'attrapa par les hanches et se mit à la déshabiller frénétiquement. Jade, surprise, ne lui rendit pas immédiatement son étreinte. Elle était comme abasourdie de cette réaction, et contemplait la scène de très loin, comme si elle n'habitait plus son propre corps. Elle aurait pu le repousser, s'appuyant sur l'argument de la présence de leur groupe d'amis qui les attendait de l'autre côté de la porte pour une brève séance de natation. Mais l'idée ne la traversa même pas. Les réactions de ce corps qui était le sien la surprirent ; son corps, qui semblait s'être mis en veille, se rappela subitement à elle, l'envie d'Antoine s'insinua sous sa peau et enclencha en elle une sorte de pilote automatique. Ses mains savaient quoi faire, son esprit était en pause.

Ce ne fut qu'une fois leur étreinte achevée que Jade comprit ce qui venait de se produire. Et qu'un faible sourire s'imprima sur ses lèvres. Ils avaient fait l'amour. Un grand pas pour elle. Le signe qu'enfin peut-être les choses allaient s'arranger et revenir à la normale. Jusqu'au moment où Antoine répéta une fois de plus :

— On va avoir un bébé. On va être parents.

Alors, le sourire disparut.

CHAPITRE 17

— PROMETS-MOI DE NE RIEN DIRE AUX AUTRES. Pas maintenant, pas comme ça.

Antoine avait supplié Jade de lui laisser annoncer la bonne nouvelle à leurs amis, mais Jade avait réussi à lui faire promettre d'attendre. Elle ne voulait pas. Elle n'était déjà pas prête à partager cette information avec Antoine. Le fait qu'il soit au courant ne lui permettait plus de se voiler la face. Elle ne pouvait plus échapper à cette réalité, et à tout ce qu'elle impliquait. Il avait réussi à lui arracher des aveux, il lui était impossible d'accepter l'idée de mettre tout le reste du monde au courant, en commençant par leurs amis.

Antoine comprenait, bien sûr. Ou tout du moins, croyait comprendre. Il fallait commencer par prévenir leurs parents, d'abord, puis le reste de leurs familles respectives, Paul, Gabriel, Louise… La peur de perdre ce nouveau bébé avait rendu Jade secrète, prévoyante. Elle semblait avoir préféré nier la vérité plutôt que de prendre le risque d'y croire. Il cernait mieux son attitude de ces derniers temps. Son silence. Sa distance. Même s'il était légèrement déçu que Jade ne le lui ait pas dit plus tôt, il avait l'impression de reprendre le cours des choses là où elles s'étaient arrêtées quelques mois plus tôt, avec cet autre enfant.

CHAPITRE 18

APRÈS UNE JOURNÉE de balade sur les remparts, dans les rues *intra muros* et à la cité d'Alet, Jade, Antoine et leurs amis s'étaient tous réunis dans leur gîte spacieux, et avaient mis leur soirée à profit pour s'essayer aux jeux de société auxquels ils se livraient avec joie lorsqu'ils étaient aussi nombreux – même si c'était assez rare de réussir à se retrouver à quinze. Antoine, qui était d'ordinaire incapable de tenir sa langue, s'efforçait de respecter le secret imposé par Jade, qui, elle, se contentait de se taire. Tout le groupe avait fini par comprendre qu'un parfum de non-dits flottait dans l'atmosphère, ce qui s'était répercuté sur la dynamique d'ensemble. Le silence entre Antoine et Jade avait été suffisamment assourdissant tout au long de la journée pour que tout le monde s'en aperçoive, aussi le tumulte d'une partie de jeu de société fut-il accueilli avec soulagement.

Leur choix s'était porté sur un jeu participatif qui requérait une stratégie de groupe. Chacun avait donc un rôle à jouer, et c'est ensemble qu'ils gagneraient ou perdraient la partie. L'enjeu était de taille : réussir à quitter une île déserte tout en permettant au groupe d'avoir suffisamment de denrées alimentaires pour survivre au voyage. Et certains participants autour de la table n'étaient pas du genre à prendre les jeux de société à la légère, ce qui conduisait parfois à certaines tensions. Ce soir-là n'échappa pas à la règle, en raison d'une simple remarque lancée par Alexandre, l'hôte des lieux que Jade évitait habituellement de trop côtoyer, connaissant son humour à tendance misogyne. Après deux jours entiers passés à ses côtés, cependant, Jade ne put s'empêcher de réagir à sa remarque cinglante.

— Oh là là, t'es bien une meuf toi, incapable de réfléchir correctement ! Et toujours à se concentrer sur la bouffe plutôt que de filer un coup de main aux mecs qui construisent le radeau… C'est bien un truc de gonzesse, ça !

— Pardon ?

La remarque avait déclenché les rires des convives masculins autour de la table. Mais en un coup d'œil, Jade s'aperçut qu'aucune femme n'avait ne serait-ce que souri.

— Très spirituel !

— Non mais décoince-toi un peu, Jade, ça va… C'est juste une blague !

— Mais non, enfin, ce n'est pas juste une blague. Tu ne te rends même pas compte des clichés que tu véhicules !

— Oh non, tu ne vas pas nous rejouer la carte de la guerre des sexes, quand même…

Un regard circulaire à l'assistance lui confirma que personne ne viendrait la secourir, sur ce coup-là. Elle allait devoir défendre sa position seule, quand bien même elle était persuadée que les femmes présentes étaient d'accord avec elle.

— En fait, si, Alex. Je n'ai pas à subir tes blagues sexistes sous prétexte que tu trouves ça drôle.

Alexandre commença par rire grassement puis, voyant que personne ne le suivait, finit par baisser les yeux en marmonnant ce qui ressemblait vaguement à des excuses, avant de reprendre une contenance en ordonnant au joueur suivant de piocher une carte.

Jade savait qu'elle avait la réputation de la « copine relou », dans l'entourage proche d'Antoine. Mais c'était un rôle qu'elle acceptait d'épouser. *Encore une victoire sur les stéréotypes,* se dit-elle en souriant intérieurement. Après tout, il n'existait pas de petite victoire, c'était par petites touches que l'éducation paritaire finirait par porter ses fruits. Alexandre était peut-être une cause perdue, mais elle espérait que sa rebuffade encouragerait les autres femmes autour de la table à élever la voix, quand elles viendraient à se retrouver dans une situation similaire.

CHAPITRE 19

Pour la suite du week-end, les suggestions d'activité ne manquaient pas. Antoine avait proposé d'emmener un petit groupe faire du karting en plein air, ce qui permit à Jade et Louise de faire bande à part tranquillement. Elles optèrent pour une balade à Dinan, à quelques kilomètres de Saint-Malo. Cela faisait longtemps qu'elles ne s'étaient pas retrouvées toutes les deux et leur complicité manquait à Jade.

La rencontre de Jade et Louise, c'était une histoire vieille comme le monde. Tout avait commencé au collège, le jour de la rentrée des classes. Elles étaient nouvelles toutes les deux, et l'ordre alphabétique les avait fait se retrouver assises l'une à côté de l'autre. L'angoisse de ne pas trouver la cantine avait été leur premier sujet de conversation. Et bien des années plus tard, il avait été suivi par un tas de confidences, de fous rires, et d'une multitude de souvenirs qui venaient s'accumuler au fil des événements. Une amitié telle que l'on n'en rencontre qu'une fois dans sa vie, dans tout ce qu'elle a de plus rare et de plus précieux.

— Bon, Jadou. On ne vient pas en Bretagne sans acheter de ciré ! Alors le défi du jour consistera à nous en dénicher un chacune et à immortaliser ça avec des photos fun, t'en dis quoi ? J'ai besoin d'une nouvelle photo pour mon profil Tinder...

— J'en dis que c'est une excellente idée. Est-ce qu'on est obligées de respecter la tradition du ciré jaune ? Parce que ce n'est vraiment pas une couleur que j'ai dans ma garde-robe...

— Ha ha ha, *what happens in Dinan stays in Dinan, Baby* !

La première étape – dégoter un ciré – fut probablement la plus rapide. Difficile d'en dire autant de la seconde : la séance photo tourna rapidement au fou rire, chacune surenchérissant sur des défis plus loufoques les uns que les autres – braver le froid de la mer en se baignant jusqu'aux genoux, poser avec un inconnu, faire un selfie avec un goéland... Ce dernier avait d'ailleurs suscité un grand débat entre les deux amies : comment savoir que l'oiseau sur la photo était bien un goéland et non une mouette ?

Ces moments volés firent à Jade l'effet d'une bouffée d'air frais. Disparue, l'impression de suffoquer qui ne la quittait plus depuis qu'Antoine avait découvert son secret.

À 16 heures passées, la case « photos » étant cochée, Jade et Louise s'attablèrent autour d'un thé tout en échangeant les dernières nouvelles qu'elles n'avaient pas eu le temps d'explorer. La conversation s'orienta rapidement vers la discussion de la veille.

— Tu sais, Jade, tu ne devrais pas t'emporter autant contre Alex. Je sais qu'il peut être lourdingue, mais tu n'es peut-être pas obligée de te braquer à ce point ?

— Je devrais laisser couler, peut-être ?

— Ce n'est pas ce que j'ai dit. Mais il y a des causes perdues, Alexandre en fait partie.

— C'est fataliste.

— C'est réaliste !

— Mais non ! Si tout le monde réfléchissait comme toi, Loulou, on n'aurait probablement jamais obtenu le droit de vote !

— Tu parles d'une autre époque...

— Pas si lointaine, à l'échelle du droit des femmes, ma cocotte.

— T'es douée pour atteindre le point Godwin du féminisme ! On devrait même le baptiser... le point Jadou !

— Arrête un peu de te moquer de moi !

— N'empêche, c'est dommage qu'il se comporte comme si les femmes lui étaient inférieures. Parce que sinon, moi, j'en ferais bien mon quatre-heures, de ce petit Alex !

— Attends, qui te dit qu'il est si petit que ça ?

— Oh, je ne suis pas allée vérifier !

— Eh bien, peut-être que tu devrais.

Le soir, après avoir retrouvé le groupe, Louise ne put s'empêcher d'envoyer un clin d'œil à Jade en retrouvant Alexandre. L'ambiance était bien plus joviale après cette journée, et Jade ne sourcilla même pas à la remarque sexiste qu'Alex ne put s'empêcher de glisser avec un rire gras. Elle avait de la chance, Antoine n'était pas comme ça.

CHAPITRE 20

Le long week-end avait pris fin, ils étaient rentrés de Saint-Malo dans la nuit. Il fallait retourner travailler, reprendre le cours de leur vie là où celle-ci s'était arrêtée quelques jours plus tôt. Sauf qu'Antoine ne l'entendait pas de cette oreille.

— Et si on restait au lit tous les deux aujourd'hui ? Et si on appelait le boulot et qu'on se faisait porter pâles ? Maintenant qu'on est tous les deux, je peux enfin exprimer ma joie ! Je suis trop heureux pour réussir à me concentrer sur mes dossiers ! Et je ne pense pas qu'un sourire de quinze mètres de long soit apprécié par Mme Dumond, qui est en plein divorce avec son mari et qui se bat pour obtenir la garde exclusive de leurs deux gosses… Mon Dieu, je n'ai jamais été aussi heureux de toute ma vie. Je t'aime, Jade, tu le sais ça ? Tu fais de moi le plus heureux des hommes. Je t'aime, je vais être papa, on va bientôt être trois et former une famille, une vraie famille !

Il était lancé. Impossible de l'arrêter lorsque son enthousiasme débordait autant.

Il était déjà près de 8 heures, ils étaient en retard tous les deux, et pourtant, ils étaient toujours au lit.

— Tu peux rester, toi. Profiter de cette journée pour te faire à l'idée que tu vas devenir papa. Moi, j'ai les enfants qui m'attendent, je ne peux pas me permettre de les abandonner à Romane. Et puis, tu sais, je suis au courant depuis quelques... jours déjà. J'ai eu le temps de digérer la nouvelle.

Digérer la nouvelle, les mots étaient mal choisis, mais Antoine ne le remarqua pas. Pas même l'euphémisme utilisé par Jade pour désigner le mois entier qui s'était écoulé depuis qu'elle avait appris sa grossesse, et qu'elle avait réduit à « quelques jours ».

— Mais mon amour, je ne veux pas célébrer ça tout seul ! Ça ne vaut rien, une journée au lit, si tu n'es pas là, avec moi.

Et merde. Jade aurait dû s'y attendre, et pourtant, l'idée qu'Antoine veuille profiter d'une journée sous la couette ne lui avait pas effleuré l'esprit. Encore une preuve qu'elle était vraiment ailleurs en ce moment...

Elle ne pouvait pas. C'était au-dessus de ses forces. Antoine était au courant, elle avait rempli sa part du contrat, non ? Son rôle s'arrêtait là. Elle n'avait pas le courage d'affronter une journée entière à se réjouir d'une grossesse qui... *Qui quoi, d'ailleurs ? Qui me bouffe toute mon énergie ? Qui engloutit ma bonne humeur, ma personnalité ? Qui me ronge, à l'intérieur ? Que je ne voudrais pas voir exister ? Qui me tue, qui m'éteint ? On va en avoir, du temps, pour se réjouir. Si je peux me réjouir un jour. Mais pas aujourd'hui, je n'ai pas le cœur à faire semblant. Et puis, qui sait si le bébé réussira à s'accrocher ?*

— Ne t'inquiète pas, mon amour. Il nous reste un peu de temps pour savourer la nouvelle ! Tu as une idée de la date du terme ?

— C'est pour novembre.

Dans six mois et demi, très précisément. Mais ça, Jade s'abstint de le lui dire.

Six mois et demi. Ça paraissait long, mais ça allait passer si vite.

Six mois et demi pour trouver un prénom, choisir un lit, une poussette, des vêtements.

Six mois et demi pour se préparer aux biberons, aux nuits à ne pas dormir, aux couches et aux tétines.

Six mois et demi pour ne plus apprendre à compter seulement par deux, pour se faire à l'idée de penser par trois.

— Attends, tu es au courant depuis combien de temps, exactement ?

Jade se mordit la lèvre. Elle mentait déjà tellement à Antoine, elle ne voulait pas ajouter de dissimulation superflue pour aucune raison.

— Quelques semaines.

— Quelques semaines ? Quelques semaines, et tu ne m'as rien dit ?

Ce n'était pas le moment de s'énerver. Et pourtant, Antoine ne pouvait s'empêcher de s'emporter en découvrant que Jade lui avait dissimulé un tel secret pendant aussi longtemps.

— Je ne comprends pas. Pourquoi tu me l'as caché ?

— Je ne te l'ai pas caché.

— Mais tu ne me l'as pas dit non plus.

— Écoute, je…

— Bon… On en parlera plus tard. Ce n'est pas le moment. Ce qui est important, là, tout de suite, c'est que je vais devenir papa. Et toi… tu vas devenir maman !

Six mois et demi pour s'habituer au mot « maman ».

CHAPITRE 21

— Allez, fais vite, je te dépose quand même en *speed* avant d'aller au bureau. Maintenant que j'ai déjà traîné en pensant que tu accepterais ma proposition de rester au lit, je peux bien être un peu plus en retard…

Antoine lui laissa à peine le temps d'enfiler sa robe qu'ils étaient déjà sur son scooter en train de se faufiler dans les artères de Paris. En cette journée de mai, un air estival flottait sur la capitale. Les beaux jours étaient de retour, les jupes de sortie, les soirées allaient se faire plus longues.

Antoine était heureux. Ce n'était même pas la peine de le dire, son sourire était bien plus éloquent que tous les mots qui se bousculaient dans sa tête et qu'il rêvait de dire à sa femme. Être père, c'était le rêve de toute sa vie. C'était d'une banalité affligeante, mais pourtant cette envie était là, en lui, depuis longtemps. Il avait toujours aimé les enfants, et la paternité était une étape qu'il savait indispensable à sa vie. Il savait que ce moment arriverait tôt ou tard, et pourtant, il ne pouvait s'empêcher d'être étonné par sa propre surprise. Comme si l'idée de devenir père ne venait de reprendre racine en lui que ce week-end-là, en l'apprenant par hasard.

Bien sûr, cette joie, il l'avait déjà connue et partagée avec Jade, quelques mois plus tôt. Ils avaient eu le temps de choisir la maternité et d'acheter le premier body, avant que le fœtus ne quitte le corps de sa compagne. Bien sûr, il avait lui aussi souffert de la perte de cet enfant, mais pas irrémédiablement. Il avait toujours su que ce genre de choses pouvait arriver et qu'un autre enfant viendrait.

Maintenant qu'il savait, maintenant que cette réalité était bien là, maintenant qu'un nouveau petit bébé – SON petit bébé – grandissait dans le corps de Jade, maintenant, seulement, ce bonheur explosait. Bien sûr, il y avait la peur profondément ancrée que ce bonheur leur soit arraché une fois de plus. Mais il avait l'impression que ce petit bébé-là allait conjurer le sort et leur faire oublier la douleur des mois passés. Bien qu'ils n'en aient jamais parlé, le poids de ce non-dit avait abîmé leur couple et pesait lourdement sur leur relation. Ils tenaient enfin le moyen de tout oublier et de recommencer.

Il aurait aimé le dire, le crier, le hurler dans les rues de Paris, ce bonheur sans nom que Jade lui faisait. En dix minutes à peine, ils étaient arrivés devant son école.

— Je passe te chercher pour le déjeuner ? Je t'emmène au Fleurus et on fête ça comme il se doit ! 13 heures, ça te va ?

Et le voilà qui recommence !

— Je suis désolée, je suis prise ce midi, je vais emmener ma nouvelle stagiaire déjeuner, tu sais, elle arrive cette semaine... Mais on se retrouve ce soir à l'appart, de toute façon. J'essaierai de ne pas rentrer tard, et de ne pas oublier les courses cette fois !

— Oublie les courses, ce soir, je t'emmène au resto !

— À ce soir.

En réalité, la stagiaire arriverait la semaine suivante, mais Antoine ne lui avait laissé d'autre échappatoire que ce petit mensonge.

Antoine attendit qu'elle ait disparu dans l'enceinte de l'école avant de redémarrer et de se diriger vers son cabinet. Et merde ! Il n'y avait pas pensé, mais il allait falloir mentir à Paul en arrivant ce matin. Paul à qui il disait pourtant tout. Ça allait être difficile de ne pas lui raconter. Mais il faudrait bien. Jade et lui devaient d'abord en discuter tous les deux, voir comment annoncer la belle nouvelle à leurs amis et à leur famille. Pour le moment, cette nouvelle n'appartenait qu'à eux, il fallait la savourer.

CHAPITRE 22

À PEINE LE TEMPS de faire régner le calme et d'aider les élèves à se dépenser grâce à un cours de sport que Jade avait été obligée de courir prendre le métro. Son déjeuner ne pouvait pas attendre. Une matinée bien chargée lui avait tenu l'esprit occupé, et c'était très bien comme ça. Son trajet d'une dizaine de stations lui avait permis de lire un ou deux chapitres de sa lecture en cours, et elle venait d'arriver à Trocadéro, vers les beaux quartiers où les touristes se battaient à coups de perches à selfies pour le plus beau cliché avec Dame Eiffel à poster sur Instagram. Elle s'était arrangée avec sa collègue pour qu'elle prenne en charge les deux heures de cours suivantes de sa classe, elle pouvait donc se permettre de revenir en retard de sa pause déjeuner.

Pourvu que le timing soit de mon côté. Pourvu que, pour une fois, la chance soit avec moi.

CHAPITRE 23

— JADE ? Qu'est-ce que tu fais là, tu ne m'as pas dit que tu déjeunais avec ta stagiaire ?

Et merde. La scène que Jade avait tant redoutée et qu'elle avait espéré éviter était en train de se dérouler sous ses yeux. Elle avait pourtant vérifié avec Paul que la voie serait libre.

— Si, mon amour, c'est ce qui était prévu mais… j'ai voulu te faire une petite surprise !

Ça, pour une surprise, c'en était une. Antoine ne s'attendait pas à retrouver Jade au bureau, en revenant de sa pause. Elle avait été très claire sur le fait qu'elle préférait fêter la bonne nouvelle tranquillement ce soir-là, et la voilà qui débarquait à l'improviste au cabinet ! Ça n'avait vraiment pas de sens. Mais après tout, Jade n'avait de cesse de l'étonner depuis cette escapade à Saint-Malo, alors pourquoi pas une fois de plus.

— … Et en arrivant, je suis tombée sur Paul dans le hall, il m'a accompagnée jusqu'à ton bureau.

— Tu aurais pu me prévenir, je serais revenu plus tôt, et on aurait pu lui annoncer l'heureuse nouvelle ensemble !

— L'heureuse nouvelle ?

Paul se retourna brusquement vers Jade.

— Merde, excuse-moi, mon cœur. Je sais que tu préférais attendre pour l'annoncer, mais c'est sorti tout seul ! Je suis tellement content ! s'excusa Antoine en se mordillant la lèvre.

— Mais de quoi est-ce que vous parlez, à la fin ?

— Jade est enceinte ! Nous allons avoir un bébé !

— Un bébé ?

Tout à sa joie, Antoine ne remarqua rien de la stupéfaction de Paul. Plus qu'abasourdi, ce dernier était complètement interloqué par la scène qui se déroulait. Pas autant que Jade, qui n'osait pas le regarder dans les yeux. Elle cherchait comment esquiver la question habilement, car elle n'avait aucune idée de comment lui expliquer calmement la situation devant Antoine, qui ignorait tout.

— Je dois y aller. Paul, s'il te plaît, garde ça pour toi. J'aimerais attendre avant de prévenir Louise et nos familles, si tu veux bien, lui répondit Jade.

— Attends, maintenant que Paul est au courant, il va falloir l'annoncer vite à Louise, non ? Sinon tu t'exposes à l'engueulade du siècle !

— On en discutera ce soir. Il faut que j'y retourne, bisous, mon amour !

Et Jade était déjà repartie. Pourquoi était-elle venue, déjà ?

Oui, vraiment, Antoine la trouvait étrange en ce moment. Mais ce devait être la faute des hormones. Il nota dans un coin de sa tête de se renseigner davantage sur Internet. Ces prochains mois n'allaient pas être de tout repos !

CHAPITRE 24

SUR LE CHEMIN POUR RÉCUPÉRER LA LIGNE 9, alors qu'elle remontait la rue au pas de course, Jade reçut un SMS de Paul.

Jade, il faut qu'on parle, je t'en prie, tu ne peux pas t'enfuir en courant comme ça. Dis-moi quand tu seras disponible, je me libérerai n'importe quel jour de la semaine. Nous pourrons nous retrouver à mi-chemin entre l'école et le cabinet, ça t'évitera de tomber sur Antoine.

Immédiatement après l'avoir lu, sans même répondre, Jade cliqua sur « effacer » et rangea son iPhone dans son sac.

CHAPITRE 25

LORSQUE JADE ET ANTOINE rentrèrent du restaurant, il était plus de 23 heures. Jade était épuisée de cette soirée après avoir feint l'émotion à coups de sourires forcés et d'extase surjouée. Une soirée entière à n'avoir eu que ce mot à la bouche : « bébé. »

Ce qu'elle voulait, là maintenant, c'était du repos, seule, loin de tout, et surtout loin d'Antoine. Elle avait tout fait pour rendre ce moment spécial, pour lui. Pour que ce nouveau souvenir chasse l'ancien, celui de ce bébé disparu qu'ils avaient longtemps pleuré chacun de leur côté, pour que rien n'entache jamais dans sa mémoire le souvenir qu'il garderait de cette belle soirée de printemps. Celle qui avait changé sa vie, encore une fois. Elle avait tout fait pour que la répétition ne soit pas trop flagrante, pour que cette fois-ci soit différente de la précédente. Et maintenant que le pari était réussi, Jade se sentait vidée de toute son énergie. *Mais ça ira, maintenant. Mieux qu'avant, en tout cas. Tu n'es pas la seule à connaître ton secret. Paul va forcément finir par deviner, ou du moins se douter, et... il comprendra... Il te protégera. Tout ira bien. Il le faut. Pour toi, pour lui, et pour cette chose qui partage ton corps. Paul te protégera. Paul VOUS protégera, le bébé et toi. Même s'il te suppliera de parler à*

Antoine, il gardera le silence si tu le lui demandes. Et Antoine n'en saura jamais rien.

Tandis que Jade s'efforçait de se convaincre, Antoine poursuivait ses plans.

C'est dingue. Plus de deux heures à parler du même sujet, et il ne s'est toujours pas lassé. Et ça ne risque pas de lui passer... Il va falloir t'accrocher. Ce n'est que le début. Il faudrait peut-être que tu t'y mettes, toi aussi, d'ailleurs. Ou il finira par le remarquer.

— Il reste deux choses dont nous n'avons pas parlé, encore.

— Ah oui ? Quoi donc ?

Jade avait beau se creuser les méninges, elle était pourtant certaine que tous les sujets possibles et imaginables concernant cette future vie avaient été abordés (de la couleur de la chambre au mode de garde après la naissance, en passant bien évidemment par la traditionnelle question « Mais toi, tu préférerais une fille ou un garçon ? », question à laquelle Antoine s'était empressé d'autorépondre « Parce que moi, vraiment, ça m'est égal ! Je sais que tout le monde dit ça, mais je le pense vraiment. Je l'aimerais autant, que ce soit un petit mec ou une petite nana. »).

— Il va falloir avertir nos parents !

— Ah, oui, c'est vrai.

— Peut-être qu'on pourrait organiser un grand repas, non ? Qu'en penses-tu ?

— Pourquoi pas.

— On n'a qu'à les inviter à déjeuner à l'appart dimanche !

— Oui, bonne idée.

— En revanche, maintenant que Paul est au courant... il faudrait vraiment que tu préviennes Louise, non ? Vous pourriez vous faire une petite soirée entre filles, samedi soir par exemple. Comme ça, tu pourras lui annoncer avant le reste de la famille !

Une soirée entre filles. Parfait, c'était exactement ce dont Jade avait besoin pour se vider la tête.

— Oh oui ! Ça fait tellement longtemps qu'on ne s'est pas fait de soirée, avec Louise !

— C'est parfait. Comme ça, moi, pendant ce temps-là, je pourrai profiter d'une sortie entre potes... Je ne sais pas toi, mais j'ai bien envie de m'amuser un peu, avant que le bébé ne pointe le bout de son nez ! Après, on risque d'être un tout petit peu occupés... et surtout super crevés !

Bébé. Encore ce mot. Antoine sourit, et l'embrassa dans le cou.

— Et c'est quoi, la deuxième chose dont nous n'avons pas parlé ?

— Eh bien, l'échographie bien sûr ! Il me tarde déjà d'y être.

Ce soir-là, il voulut lui faire l'amour. Mais Jade refusa.

Ce soir-là, elle n'avait pas la tête à ça.

CHAPITRE 26

Le reste de la semaine défila à une allure folle. Jade avait enchaîné les journées à l'école et les cours du soir, et déjà, le sacro-saint vendredi était arrivé, annonciateur à son tour du week-end, tout aussi chargé qu'ensoleillé. Antoine, évidemment, attendait ce moment avec impatience, à mesure que l'indifférence de Jade grandissait, sans d'ailleurs qu'il semble s'en apercevoir. Elle était soulagée de lui avoir parlé, elle pouvait désormais s'en remettre à lui pour tout ce qui concernait le bébé. Elle n'avait plus à s'en soucier, Antoine avait déjà tout pris en main. La liste des tâches à venir ne cessait de s'allonger et il n'était pas du genre à se décourager facilement. Il était même fascinant de constater à quel point sa nature perfectionniste le poussait à prévoir chaque étape dans les moindres détails.

Avant toute chose, Antoine décréta qu'il leur faudrait déménager. Il était impensable d'accueillir un bébé dans l'espace réduit de leur quarante mètres carrés. Ils seraient bien trop à l'étroit avec un enfant dans l'appartement qu'ils occupaient actuellement. Il mit donc au point un plan financier rigoureux afin de pouvoir envisager un loyer plus élevé.

Venait ensuite tout ce qui concernait de près ou de loin la santé de Jade, qui était au moins aussi importante – si ce n'est plus – que tout ce qui précédait. La première échographie aurait lieu dans deux petites semaines, tout était-il au point avec la gynécologue et la maternité ? Et bien évidemment, Antoine avait même anticipé les cours de préparation à l'accouchement. *Prévoyant, dites-vous ? Oh que non ! Pire encore.*

Jade était plutôt de ceux qui pensent qu'être parent, ça s'apprend sur le tas. C'était l'éducation qu'elle avait reçue et ça avait plutôt bien fonctionné ainsi pour elle. Pourquoi n'y arriveraient-ils pas, tout le monde passait bien par là un jour, non ? Antoine, lui, avait à cœur de tout faire exactement comme il le fallait. Lorsqu'il était né, ses parents avaient déjà pu s'exercer avec son frère aîné Gabriel. Ils avaient été très à l'écoute de leurs enfants, et n'avaient d'ailleurs pas hésité à faire appel à des pédiatres et des psychologues spécialisés lorsque leur fils cadet avait rencontré des difficultés à l'école (qui s'avéraient, en réalité, liées à une trop grosse pression parentale reportée sur leur petit dernier, après la réussite du plus grand).

Alors qu'Antoine poursuivait ses plans sur la comète, Jade attendait son samedi soir avec impatience, elle y voyait une bouée de sauvetage qui pourrait lui permettre de passer une soirée normale et de retrouver son ancienne vie, l'espace de quelques heures. Elle n'en pouvait plus d'Antoine et de son bonheur envahissant. Les murs de l'appartement l'étreignaient, elle s'en sentait désormais prisonnière, elle qui d'habitude les considérait comme son cocon protecteur. Désormais, elle étouffait. Elle était bien d'accord avec lui sur un point : il fallait déménager, trouver un endroit plus grand, où elle pourrait s'enfermer dans une deuxième chambre si ses émotions débordaient. Jade avait toujours été hypersensible, dès son plus jeune âge. Cet aspect de sa personnalité avait tendance à effrayer sa famille, qui ne comprenait pas ses brusques accès d'humeur. Elle était capable de passer du rire aux larmes en, littéralement, dix secondes. Ses colères étaient disproportionnées lorsqu'on en examinait les causes, et ses tristesses infinies si quelque chose la touchait. Progressivement, à force de se renseigner sur Internet et de rencontrer des enfants qui présentaient des traits de personnalité similaires aux siens, Jade avait pu apprendre à se connaître et découvrir cette caractéristique qui demeurait inconnue du grand public. Là où elle y avait longtemps vu une faille, elle avait progressivement commencé à faire de son hypersensibilité une force qui lui permettait aujourd'hui de sympathiser très rapidement avec des inconnus, de les écouter en faisant preuve d'une empathie sincère, d'aider les autres et de s'investir dans des causes qui lui tenaient à cœur. Elle avait l'injustice en horreur, et là encore, elle avait appris à y voir le signe de sa sensibilité excessive, à fleur de peau. Là où d'autres se contentaient de vouloir combattre pour faire régner la justice, Jade pleurait ce monde si peu humain, si peu à l'écoute, si individualiste et égoïste qu'il en oubliait les existences des autres, que tous étaient pourtant amenés à partager.

Voilà pourquoi il était surprenant de la voir si peu concernée par sa propre grossesse. Antoine sentait bien la réticence de Jade, mais il se disait que son enthousiasme était suffisant pour deux, et que seules les angoisses d'une future maman et la peur de revivre une fausse couche étaient à l'origine de l'étrange comportement de sa femme. Il s'était efforcé de se montrer rassurant sur le sujet, tout en n'évoquant jamais frontalement la perte de leur premier bébé.

Lorsque enfin le samedi arriva, Jade se sentit soulagée.

Enfin une soirée avec sa meilleure amie qui lui permettrait de replonger dans sa vie d'avant ! D'avant le bébé, d'avant tout ce tourbillon qui n'en finissait plus.

Enfin un arrêt sur image, et même un petit retour en arrière.

Avant que tout ne dérape.

Avant que tout ne fiche le camp.

Avant qu'elle ne perde le contrôle de sa propre vie.

CHAPITRE 27

POUR RENOUER AVEC LEURS ANCIENNES HABITUDES, Jade et Louise avaient décidé d'un commun accord de se retrouver dans leur bar préféré, situé en plein cœur de Paris, à mi-chemin entre leurs quartiers respectifs. L'effervescence des Halles serait salutaire pour Jade, qui avait passé la semaine à écouter Antoine s'extasier et fantasmer sur leur merveilleux avenir de futurs parents.

À 21 heures, le portable de Jade sonna alors qu'elle était déjà installée en terrasse depuis une dizaine de minutes. Elle avait eu le temps de refuser par deux fois la carte d'un serveur un peu trop pressant, en lui expliquant qu'elle attendait quelqu'un.

— Ma Jadou, c'est Loulou. Je suis désolée, désolée, désolée ! Je vais être en retard. Oh t'inquiète, je fais vite, je viens de sauter dans le métro là !

— Pas de problème Louise, je t'attends.

— Laisse-moi deviner : t'es déjà installée ?

Louise connaissait Jade comme sa sœur. Et Jade détestait être en retard. Le résultat d'un pseudo-traumatisme d'enfance qui lui avait valu d'être toujours la dernière à quitter l'école, oubliée par ses parents en retard.

— Bingo !

— Alors commande-toi un verre, la première tournée est pour moi ! Je me dépêche !

Loulou la tornade était en route. Mais elle n'arriverait pas avant une bonne vingtaine de minutes, elle avait au minimum un changement de métro avant d'arriver à destination.

Au troisième passage du serveur, Jade le héla. Il ne put réprimer un sourire et un petit air satisfait qui semblait dire : « Alors, on t'a posé un lapin ? Tu veux boire pour oublier que ton date Tinder t'a plantée, ma cocotte ? » Elle ne chercha même pas à effacer ce petit rictus méprisant de son visage lorsqu'elle lui commanda un mojito.

— Avec beaucoup de menthe !

Et surtout beaucoup de rhum.

CHAPITRE 28

Quand Louise arriva enfin au bout de quarante minutes (« Un malaise voyageur et un colis suspect, tu le crois ça ?! C'est bien ma veine ! »), Jade venait de terminer son deuxième mojito.

— Les deux sont pour moi, je n'ai qu'une parole ! Alors ma Jadou, t'es prête à faire la fête ce soir ? Quel est le programme ? Cocktails toute la soirée ou on part danser ?

— Avec cette chaleur, tu as vraiment envie de te déhancher et de transpirer encore plus ?

— C'est vrai qu'il fait au moins quarante degrés ici. Beaucoup trop chaud pour un mois de mai ! Mojitos party, donc ! T'as raison de toute façon, j'ai très soif ce soir. Et j'ai surtout terriblement envie de faire la fête ! Voilà ce qu'on aurait dû faire à Saint-Malo, plutôt que de sortir les jeux de société tous les soirs en écoutant le pseudo-humour d'Alex !

— Bon alors, Loulou, qu'est-ce que tu racontes depuis la dernière fois ? Même si on s'est vues la semaine dernière, j'ai l'impression que ça fait une éternité qu'on ne s'est pas fait une petite soirée toutes les deux !

— Mais oui, c'est vrai ça ! Eh bien, le shooting photos sur les remparts a porté ses fruits, ma grande ! L'effet ciré jaune, que veux-tu…

— Ah oui ? Raconte, il s'est passé quoi ?

— Ah mais alors là, tu arrives un peu tard ma vieille. À peine cette histoire avait-elle commencé qu'elle était déjà finie !

— Quoi ? Mais comment ça ! Je ne te vois pas pendant une semaine et tu trouves le moyen de rencontrer un mec et de rompre avec lui ?

— Ahhh mais si ça ne dépendait que de moi, Jadou ! Ça a duré UNE NUIT ! Il n'y a bien que ça que j'ai partagé avec lui. Une nuit. Une seule et unique nuit !

— Oh, mince alors ! Comment ça se fait, ça ? C'était bien, au moins ?

— Ben oui, que c'était bien ! Mais ça aurait été encore mieux s'il m'avait clairement dit qu'il n'y en aurait qu'une, de nuit ! J'en aurais beaucoup plus profité !

Depuis qu'elles se connaissaient, soit depuis à peu près toujours, Louise croyait dur comme ferme au grand amour. Elle ne vivait que pour cela. Chacune de ses sorties, chacune de ses rencontres était sans arrêt tournée autour de cette envie qui ne la quittait jamais. Son idéalisme et sa confiance aveugle en son futur prince charmant lui faisaient enchaîner les désillusions, sans jamais entacher sa naïveté. À chaque fois, c'était la même histoire : Louise rencontrait un homme, elle le trouvait parfait, elle se mettait à y croire, et elle se faisait larguer sans plus d'explications. Parfois parce qu'elle effrayait ses conquêtes à vouloir aller trop vite, souvent parce qu'elle s'attachait trop rapidement. À chaque fois, donc, leurs soirées servaient à analyser en détail tous les événements de la dernière relation en date de Louise, faire la balance des bonnes et des mauvaises attitudes (les recommandations d'un côté, les actes à proscrire de l'autre), évaluer son comportement pour essayer de noter les faux pas et dresser une liste non exhaustive des erreurs à ne pas reproduire.

— Ne me dis pas que tu as refait le coup de la robe de mariée !

— Mais non, Jadou, pas le premier soir quand même...

L'amour était toujours le sujet numéro un des conversations de Jade et Louise, même s'il était loin d'être le seul. Ce soir-là, il était donc logique de laisser la parole à Louise. Cela faisait bien longtemps que Jade n'avait plus rien à raconter à ce sujet. La banalité de sa vie de couple était depuis longtemps passée au second plan, sans que cela ne la dérange pour autant. Elle aimait vivre les histoires de Louise par procuration. Et si elle essayait toujours d'aider son amie du mieux qu'elle le pouvait, elle avait en revanche très à cœur de ne pas trop exposer sa vie sentimentale, qu'elle partageait tout de même avec le cousin de Louise. Dès le début de leur relation, les bases avaient été posées par Jade :

— Je refuse que l'image que tu as de ton cousin soit ternie par les aléas de notre vie de couple. Il fait partie de ta famille et…

— Tout comme toi tu fais partie de la mienne, Jadou !

— Oui, mais lui, c'est pour la vie. C'est par le sang. Moi…

— Eh ben toi, c'est exactement pareil. C'est pour la vie, et c'est par le cœur. Tu sais ce qu'on dit : les amis on les choisit, la famille on la subit !

Et la question avait été réglée. Depuis, jamais Jade n'avait souhaité parler de ses éventuels problèmes de couple avec Louise. Non pas qu'Antoine et elle en aient traversé beaucoup, d'ailleurs…

— Du coup, j'ai une grande nouvelle à t'annoncer.

Ça tombe bien, moi aussi. Enfin, il paraît.

— Vraiment ? Et c'est quoi, cette grande nouvelle ?

— Je me suis inscrite sur un site qui propose des voyages entre célibataires. Et je compte bien partir au Pérou et revenir avec autre chose qu'un lama dans mes bagages !

Quelle chance ! Ça fait bien longtemps que l'insouciance a déserté ma vie. Non, moi, j'ai juste un fœtus dans le ventre. Et j'ai même pas envie d'en parler. Ça changerait quoi, de toute façon ? Le dire ne le rendra pas moins réel. En parler ne le fera pas disparaître. Si seulement c'était aussi simple…

CHAPITRE 29

— Il va falloir que tu m'expliques, Louise. Pourquoi tu as désespérément besoin de rencontrer quelqu'un ?

Un mojito de plus au compteur, et Jade était lancée. Depuis le temps qu'elle voulait poser la question à sa meilleure amie… Depuis le temps qu'elle se contenait, pour ne pas trop la brusquer… L'occasion était trop parfaite pour la laisser filer, c'était le moment de lui ouvrir les yeux.

Elle aurait pu prendre plus de gants pour essayer de lui faire comprendre que trouver l'amour n'était pas une fin en soi, que c'était en s'épanouissant dans sa vie personnelle qu'elle finirait par croiser la route de quelqu'un d'autre, de quelqu'un de bien. De quelqu'un qui lui correspondrait vraiment, à qui elle apprendrait à faire confiance. Pas juste une photo de profil sur une vulgaire application, sur un énième site de rencontre soi-disant révolutionnaire, brassant à nouveau les mille et un profils des célibataires les moins convoités de Paris. Mais c'était Jade, et sa brusquerie était de notoriété publique. Elle se disait qu'un bon électrochoc était parfois la meilleure réponse à apporter à quelqu'un. Et dans cette situation, Louise avait désespérément besoin de sortir du schéma qu'elle ne cessait de reproduire inlassablement.

— Je pense que tu es beaucoup trop dans la demande et l'attente permanente. Pourquoi tu ne te laisses pas simplement aller ? C'est comme si tu anticipais toujours tout. À chaque nouvelle rencontre, la première chose que tu fais, c'est vérifier si l'autre remplit chacun de tes critères au lieu d'apprendre à le connaître. Et puis, je pense que tu idéalises le couple. Profite de ta vie telle qu'elle est aujourd'hui. C'est d'abord en étant bien avec toi-même que tu seras épanouie avec quelqu'un.

— Oh non, Jade, pas toi quand même ! Tu ne vas pas me servir ce refrain à la con !

— Qu'est-ce que j'ai dit de mal ?

— Tu me juges, voilà ce que tu fais.

— Quoi ? Mais pas du tout !

— Mais si, enfin ! T'es comme tout le monde. Comme ma tante qui, à chaque réunion de famille, dès qu'on se retrouve tous réunis, en profite pour me caser un « Bon alors Louise, tu te décides quand ? » devant tout le monde, comme si la décision ne tenait qu'à moi. Ou mon père, tiens, qui a toujours un mot gentil à me sortir. « Une aussi jolie fille que toi, ça ne peut pas être célibataire quand même ! Tu les caches où, tes prétendants ? » Je suis sûre qu'au fond de toi, tu te dis que je ne suis pas capable de rester toute seule, et que c'est pour ça que je passe mon temps à chercher un mec. Que j'ai besoin d'attention.

La conversation commençait à prendre un tour inattendu. Jamais Jade n'aurait pensé pouvoir mettre Louise autant en colère, elle qui était d'ordinaire si douce et si constante. C'était Louise qui avait l'habitude de calmer les emportements de Jade comme elle l'avait fait à Saint-Malo. Pas l'inverse. Et pourtant, là, des larmes menaçantes perlaient au coin de ses yeux et sa voix montait dans les aigus.

— Je n'ai jamais dit ça, arrête.

— Alors quoi ? Qu'est-ce que tu es en train de me dire ?

— Mais enfin, Loulou, t'es ma meilleure amie ! Tu sais bien que je ne veux que ton bonheur. Ce que je veux te faire comprendre, c'est juste que t'as pas besoin de quelqu'un pour ça. T'es une fille géniale, et crois-moi, je suis certaine que plein de gens autour de toi en sont conscients.

— Dans ce cas, tu m'expliques pourquoi je suis toute seule quand, toi, t'as trouvé ton prince charmant depuis déjà cinq ans maintenant ?

— Ça, je peux pas te le dire. Peut-être que tu veux aller trop vite ? Peut-être que tu es trop sûre de ce que tu veux ? que tu attends trop des autres ? Laisse les choses venir et se faire naturellement…

— C'est facile, pour toi, de dire ça. Antoine, c'est l'homme de ta vie. T'as pas fait beaucoup d'efforts pour le rencontrer en plus, il t'est tombé tout cuit dans le bec.

— Ben justement, c'est exactement ce que j'essaie de te dire ! Tu n'as pas besoin de faire d'efforts. Ça viendra quand ça viendra.

— Ah ben t'es marrante, toi… Ça viendra quand ça viendra… Et si ça vient quand j'ai 42 ans et que mes œufs sont tout périmés !

— Tes œufs ?

— Ben ouais, mes ovules ! Ma machine à bébés !

À ces mots, Jade tressaillit. C'était le moment, elle le savait. Il lui fallait saisir l'occasion. Un petit « Puisque tu en parles… ».

Mais elle en était incapable. D'une part, parce que Louise n'était pas prête à l'entendre. Pas comme ça, pas en cet instant précis. Et d'autre part, parce qu'elle n'en avait simplement pas envie. Pas envie de se faire prendre la main dans le sac, ou plutôt, le mojito dans la main. Elle n'échapperait pas au jugement de Louise, à son regard pesant, à la culpabilité. Il était bien plus simple d'enfouir tout ça au fond de son esprit, de fermer la porte à double tour et de reporter la culpabilité au lendemain. Et puis, ce premier bébé de l'amour avait réussi à lui échapper alors que Jade avait pris toutes les précautions utiles et nécessaires dès le début. Pourquoi celui-ci serait-il différent ?

À la place de ces confidences, Jade éclata de rire, ce qui déclencha celui de Louise.

CHAPITRE 30

BIP. BIP. BIP. BIP.

Le bruit infernal qui retentissait au loin résonnait dans la tête de Jade comme si une classe de trente élèves de maternelle déchaînés et armés de tambours avait décidé d'organiser une énorme récréation juste sous son crâne. Un rapide coup d'œil à son réveil lui fit brusquement prendre conscience de l'ampleur du désastre qui se profilait. 11 heures.

Dans deux heures, toute la famille arriverait et chaque recoin serait envahi de manteaux, de verres, ou d'iPhone à la batterie déchargée qu'il faudrait brancher aux rares prises encore disponibles. Leur minuscule appartement deviendrait un champ de bataille pour trouver une place où s'asseoir sans gêner son voisin, et les quelques chaises libres seraient prises d'assaut, laissant aux derniers les places sur le rebord de fenêtre. Quarante mètres carrés, ce n'était clairement pas un espace suffisant lorsqu'il fallait recevoir une quinzaine de personnes.

Dans deux heures, l'appartement serait submergé de bruit, de monde, et d'une vague d'amour écœurante. Deux heures seulement pour se composer une mine de circonstance. Deux heures pour se réjouir, feindre la joie, le bonheur, l'extase d'être une maman en devenir.

C'est le rôle de ta vie, à présent. Prépare-toi.

CHAPITRE 31

— MA CHÉRIE, il va falloir aller prendre ta douche, quand même. Je t'ai laissée dormir, mais ils ne vont plus tarder, maintenant. Si tu ne veux pas te préparer dans l'urgence, il faudrait penser à sortir du lit. Le repas est prêt, il me reste simplement le gâteau à mettre au four.

— Parle moins fort, s'il te plaît. J'ai mal à la tête.

Le léger haussement de sourcils d'Antoine fut quasiment imperceptible. Mais suffisant cependant pour que Jade le remarque.

— Comment ça, tu as mal à la tête ? Tu es malade ? Ce sont les nausées, peut-être ? Tu devrais prendre un médicament. Enfin, est-ce que tu peux prendre un médicament dans ton état ?

Dans mon état. Comme si j'étais malade, ou infirme, ou sur le point de contaminer toute la planète avec cette horrible épidémie de grossesse.

— Je ne suis pas dans un « état » particulier, Antoine, on est juste deux à partager mon putain de corps. Et ouais, j'ai mal à la tête, la musique allait trop fort hier et j'ai chopé une migraine. Ça te va, comme explication ?

— Excuse-moi, mon amour, c'est juste que... vu ce qui s'est passé la dernière fois... je m'inquiète.

— Mais je sais, que tu t'inquiètes ! Je le vois bien ! Et ne me rappelle pas ce qui s'est passé la dernière fois, ça n'avait rien à voir ! Enfin, je ne suis pas en fin de vie, je ne suis pas à l'agonie, je ne suis pas sur le point de mourir ! Je suis juste enceinte, comme des millions de femmes avant moi !

— Tu es QUOI ?

Dans son emportement, Jade n'avait pas entendu Louise arriver. *Merde, c'est vrai qu'elle m'avait proposé de venir m'aider à préparer le repas, hier soir.* La fin de soirée était encore un peu floue dans son esprit.

— Elle est enceinte ! Nous attendons un bébé ! Jade ne te l'a pas dit hier soir ?

— Non, Jade ne me l'a pas dit. Elle ne m'a rien dit du tout.

Le regard noir de Louise ne laissait rien présager de bon. Quant à l'air ahuri d'Antoine, qui ne semblait rien comprendre à la scène qui était en train de se dérouler sous ses yeux... *Mon Dieu, si je n'étais pas l'héroïne principale de ce drôle de vaudeville, je crois que je serais en train de me bidonner de rire devant ses yeux de merlan frit !*

— Jade, mais qu'est-ce que t'as foutu, bordel ?

Et ce marteau-piqueur qui continue à me marteler le crâne.

— Bon, tout le monde se calme. Loulou, je suis enceinte. Antoine, hier, on a passé la soirée à parler des histoires amoureuses de Louise. On n'a pas vu le temps passer, et quand je suis rentrée à 4 heures...

— À 4 heures ?!

— Oui, à 4 heures ! Si tu ne ronflais pas comme un loir, tu m'aurais entendue rentrer.

— Mais putain, Jade, il n'est pas là le problème ! LES MOJITOS ! intervint Louise.

— Parce que tu as BU DES MOJITOS ?

— Ben oui...

— Et tu peux me dire combien tu en as bu exactement ???

— Suffisamment pour qu'on ne tienne pas droit sur le trajet du retour ! J'ai dû lui commander un Uber !

La situation commençait à très clairement s'envenimer. Même Jade, avec son énorme migraine, était capable de discerner qu'elle s'était involontairement embourbée dans une situation inextricable, et qu'elle n'était pas prête à tenir le cap avec la gueule de bois, encore en pyjama, l'esprit embrumé par le sommeil et l'alcool.

« Je vais prendre ma douche » furent les seuls mots qu'elle parvint à prononcer avant de s'échapper et de s'enfermer à double tour dans la salle de bains.

Bien. Et maintenant, je fais quoi ?

CHAPITRE 32

RÉFLÉCHIS, JADE. *Tu as quinze minutes, vingt tout au plus avant qu'ils ne se mettent à tambouriner pour te réclamer des explications. Mais comment je peux faire pour leur en donner quand moi-même je n'en ai pas ? Je n'ai aucune excuse. Et je ne peux certainement pas leur dire la vérité. Antoine ne s'en remettrait pas.*

Les secondes s'égrenaient sans que Jade ne s'en aperçoive. Cela faisait déjà quinze bonnes minutes qu'elle tournait et retournait le problème dans sa tête, sans parvenir à trouver une solution. Elle était tout simplement incapable de leur justifier son imprudence. Les arguments qui lui paraissaient si lucides hier soir ne faisaient maintenant plus le poids face aux risques qu'elle avait volontairement encourus. Et se contenter de leur formuler des excuses ne suffirait certainement pas.

Bon, de toute façon, je n'ai pas le choix, il faut bien que je sorte. Je ne vais pas passer ma journée enfermée dans la douche.

Au moment de sortir de la salle de bains, Jade s'attendait à tout, sauf au calme olympien qui régnait dans le reste de l'appartement. Le calme avant la tempête ? Ce n'est pas censé être « après », normalement ?

— Mon amour, on t'attendait. Viens par là.

Encore en peignoir, elle parcourut sur la pointe des pieds la distance qui la séparait du canapé, où ils s'étaient chacun installés d'un côté, de façon à lui laisser la place centrale, pour mieux pouvoir l'entourer. Elle se sentait presque prisonnière dans cette configuration. Mais elle comprenait que sa punition était là, qu'elle n'y couperait pas, et qu'il lui faudrait bien entendre ce qu'Antoine avait à lui dire. Le temps jouait en sa faveur, chaque minute qui s'écoulait les rapprochait un peu plus du moment où leurs familles arriveraient. Et là, il ne serait plus question de conversation. Louise comprit à ce moment-là qu'elle devait s'échapper quelques instants afin de les laisser discuter, aussi s'activa-t-elle en cuisine en faisant mine d'être concentrée sur sa tâche.

— Écoute, Jade, j'ai l'impression que ça ne va pas en ce moment. Je comprends que tout ça soit très soudain, mais tu ne peux pas te comporter comme avant ! Je ne pensais pas que tu aurais tant de difficultés à accepter cette grossesse. Il est temps d'ouvrir les yeux : tu attends un enfant et je ne peux pas le porter à ta place ! Cela veut dire que tu ne peux pas faire n'importe quoi ! Il y a des choses qui ne sont pas préconisées et, tu le sais, l'alcool en fait partie ! Toi comme moi, on sait à quel point des soirées comme celles d'hier, ça peut être dangereux pour le bébé. Tu ne voudrais pas lui faire courir de risques, n'est-ce pas ?

— Non, bien sûr que non.

Que répondre d'autre ? Y avait-il seulement une autre réponse possible ?

— Bien. On est d'accord là-dessus. Il va donc falloir faire l'impasse sur les mojitos pendant les prochains mois. D'ailleurs, c'est aussi valable pour les cosmopolitans et les sex on the beach. Et comme je ne veux pas que tu sois la seule à t'en priver, je vais t'accompagner, moi aussi. Je suis sûr qu'on en sera capables tous les deux, on a qu'à voir ça comme un défi qu'on se lance ensemble !

— Mais non, voyons. Il n'y a pas de raison que l'on soit deux à s'empêcher de vivre.

— S'empêcher de vivre ? C'est vraiment comme ça que tu vois les choses ? Mais enfin, c'est tout l'inverse qui nous arrive ! On va donner la vie.

— Oui, tu as raison. Ce n'est pas ce que je voulais dire.

— Bon, maintenant que le problème est réglé, je vais terminer de préparer le gâteau avec Louise.

Un rapide coup d'œil permit à Jade de comprendre qu'elle ne s'en tirerait pas à si bon compte, avec sa meilleure amie.

— Et je te laisse tout raconter à la future marraine !

À ces mots, l'expression de Louise, fermée et interdite quelques secondes auparavant, changea du tout au tout. Son visage s'éclaira et ses yeux s'ouvrirent en grand.

— Marraine ? Vous avez bien dit marraine ?

— Bien sûr, Loulou ! Qui d'autre ? C'était le deal, non ? C'est ce qu'on s'est toujours promis. Et je tiens mes promesses, moi !

— Oh, je peux pas le croire !

Comme Antoine quelques jours plus tôt, Louise laissa éclater sa joie et ne put contenir quelques larmes au coin des yeux.

— Vous ne pouvez pas savoir le bonheur que vous me faites ! Je suis si heureuse pour vous !

L'espace de quelques instants, Jade crut qu'elle pourrait tout lui faire oublier de leur soirée de la veille, et de son imprudence. Qu'elle-même pourrait se laisser contaminer par cette joie envahissante, que peut-être elle arriverait enfin à se réjouir, finalement.

— Mais ne crois pas t'en tirer à si bon compte. On en reparlera.

Ou pas. Heureusement pour Jade, pile à ce moment, la sonnette de l'appartement retentit. Et le flot d'invités commença à faire son apparition.

CHAPITRE 33

C'ÉTAIT COMME SI TOUT LE MONDE s'était donné le mot, et s'était accordé pour arriver pile à la même heure, remplissant l'appartement en quelques minutes à peine. Tout le monde avait répondu présent : les parents de Jade, ceux d'Antoine, son frère Gabriel accompagné de sa femme et de leurs deux enfants, leur cousin Paul, évidemment, et avec eux les parents de Paul et Louise. Jade et Antoine avaient hésité à convier également leurs grands-parents, mais ils s'étaient dit que cela ferait un peu trop de monde pour l'occasion, et qu'ils leur annonceraient la nouvelle en prenant le temps de passer chez eux. Et puis, leurs invités devaient déjà s'interroger et se demander pourquoi Jade et Antoine avaient souhaité les réunir. D'ordinaire, ce genre de rassemblements était réservé aux anniversaires.

Jade s'était éclipsée afin de s'habiller rapidement, ne prenant pas vraiment la peine de se sécher les cheveux. Elle se maquilla tout de même légèrement. Son teint naturel ne risquait pas de prendre des couleurs de lui-même. Surtout qu'il y aurait très probablement des tonnes de photos prises pour immortaliser ce moment, alors… autant avoir l'air un minimum présentable !

Lorsqu'elle revint dans le salon, tout le monde l'attendait et tenait déjà un verre à la main. Jade prit garde à ne pas se servir tout de suite – elle avait bien compris que la moindre goutte d'alcool lui était désormais totalement interdite. Il allait donc falloir la jouer fine pour ne pas mettre la puce à l'oreille de tout le monde dès l'apéritif… quoiqu'elle n'était pas certaine qu'Antoine puisse attendre le dessert pour cracher le morceau.

Comme s'il avait pu lire dans ses pensées, Antoine prit son verre dans la main droite et le fit tinter à l'aide d'un couteau, réclamant l'attention des convives.

— Bonjour à tous ! Bon, je vais faire court, vous vous doutez bien qu'on ne vous a pas fait venir pour le plaisir de traverser la capitale par une chaleur pareille !

Quelques éclats de rire fusèrent.

— Ce n'est pas non plus pour vous montrer la magnifique avancée de nos travaux qui peinent à décoller depuis qu'on habite ici. Bon, en même temps, pour tout vous dire, on ne risque pas de s'y mettre maintenant…

Un petit silence cérémonial s'imposa quelques secondes.

— Jade et moi allons déménager.

Jade lança un regard circulaire à l'assistance pour observer les réactions. Elle peina à contenir un petit sourire moqueur face aux regards surpris et aux haussements de sourcils de leurs invités.

— C'est pour ça que vous nous avez fait venir ? s'exclama Pascal, le père de Jade. Ça ne pouvait pas attendre qu'on soit tous confortablement installés dans le jardin autour d'un bon barbecue ?

— Non, bien sûr que non, ce n'est pas pour ça que nous vous avons invités. Si nous allons déménager, c'est parce que nous allons avoir besoin de plus de place…

Chacun semblait retenir sa respiration. C'était comme si chaque invité savait ce qui allait être révélé quelques secondes plus tard, mais qu'aucun ne voulait gâcher ce moment.

— Parce que bientôt, nous ne serons plus deux mais trois !

Et voilà, la bombe était lancée et son effet fut immédiat. Tout le monde se mit à crier, Jade observa ses parents du coin de l'œil et les vit contenir leurs larmes. Ceux d'Antoine lui sautèrent au cou pour le féliciter, pendant que son oncle lui tapait dans le dos en lui répétant « Félicitations, fiston ! »

Antoine se leva alors pour faire sauter le bouchon de champagne.

— On n'a pas encore passé la première échographie des trois mois, c'est vrai, mais c'est une nouvelle que j'avais vraiment très envie de vous annoncer. Aujourd'hui, on voulait être entourés de vous tous pour fêter cette bonne surprise comme il se doit. Jade, tu es la femme de ma vie, je le sais depuis le premier jour. Et ce bébé, s'il est là, c'est grâce à notre amour. Parce que je t'aime comme un fou. Tu me fais le plus beau cadeau qu'un homme puisse espérer un jour, tu as fait de moi l'homme le plus heureux du monde, comme tu le fais depuis le premier jour de notre rencontre. Merci, mon amour.

En entendant ces mots, Jade frissonna. C'était tout ce qu'elle avait toujours rêvé d'entendre. Antoine avait réussi à ménager son effet de surprise et avait bien réussi son coup. Et elle n'avait bien évidemment pas manqué la belle déclaration qui s'était glissée dans ces douces paroles. Pourquoi fallait-il alors qu'elle ne ressente rien ? Qu'aucune émotion ne se glisse en elle ? Elle était comme anesthésiée.

CHAPITRE 34

UNE FOIS LE SOUFFLÉ RETOMBÉ, quand chacun regagna sa place, les conversations reprirent plus posément. Au bout de quelques minutes, un petit « Merde alors, un bébé ! J'avais parié sur le mariage, moi ! » jaillit des lèvres d'Agnès, la mère de Jade, qui ne put s'empêcher de lever les yeux au ciel.

— Le mariage ? Mais pourquoi le mariage, Maman ?

— Eh bien, parce qu'il faut faire les choses dans l'ordre, voyons !

Cette fois, c'était Joséphine, la mère d'Antoine, qui avait pris la parole. Jade et Louise soupirèrent de concert. Le terrain était glissant, et si Joséphine commençait à se lancer dans cette discussion, personne n'en ressortirait sans y laisser quelques plumes. Elle avait toujours été vieux jeu, vieille école, comme on disait, et son éducation catholique n'y était pas pour rien. Jade scruta l'assemblée. Lequel allait prendre la parole pour se livrer à une joute verbale contre sa belle-mère ? Lequel dirait tout haut ce que tout le monde pensait tout bas de cette remarque incroyablement obsolète ? Lequel oserait tenir tête à Joséphine, et risquer par la même occasion de laisser éclater une dispute pile le jour où ils étaient tous réunis pour fêter ce qui était censé être une bonne nouvelle ?

— Mais enfin, Maman, il n'y a plus « d'ordre » qui existe, maintenant ! Il faut évoluer quand même, les temps changent ! Et les mentalités aussi, d'ailleurs.

Il n'y avait bien que l'un de ses garçons pour pouvoir lui résister publiquement. Et Antoine n'était pas décidé à laisser sa mère gâcher cette belle journée par ses idées dépassées qui ne manqueraient pas de faire éclater l'énorme conflit générationnel qui les opposait depuis quelques années.

— Oui mais quand même, vous pourriez vous marier, non ?

Jade sentit son sang ne faire qu'un tour. D'un œil distrait, elle vit la main d'Antoine se poser sur la sienne, en guise d'apaisement, mais il était trop tard.

— Pourquoi devrait-on se marier ?

— Eh bien, pour faire les choses dans l'ordre, comme tout le monde...

— On n'est peut-être pas comme tout le monde.

— Ah ça, c'est vraiment le moins qu'on puisse dire ! Le respect de la tradition, c'est quelque chose que tu méprises, on dirait.

— Je ne vois pas le rapport.

— Le rapport, c'est qu'on ne fait pas un enfant sans être marié !

— Parce que d'après vous, Joséphine, on n'est pas un vrai couple tant qu'on n'est pas mariés ? On n'a pas le droit de faire des enfants si on ne passe pas devant monsieur le maire avant ?

— Mais enfin, Jade, quand même...

— Mais quand même, quoi ?

— Mais quand même, ça va faire de ce bébé un enfant illégitime ! Vous vous rendez compte de ce que vous allez lui infliger ?

— Oui, je m'en rends tout à fait compte. Et même très bien ! Vous savez que mes parents ne sont pas mariés ? Vous vous en souvenez, non ? Je suis moi-même ce que vous appelez une « enfant illégitime ». Tout ce que je retiens pourtant, c'est que j'ai été bien plus heureuse que la plupart des gosses de mon âge dont les parents s'étaient mariés avant leur naissance et ont fini par divorcer !

Après avoir gardé le silence quelques instants, Joséphine se tourna vers les parents de Jade avec un petit sourire figé, en signe d'excuse. Jade crut que sa belle-mère était enfin calmée et n'en crut pas ses oreilles quand elle l'entendit moins d'une demi-heure plus tard :

— Bon, et toi, Louise, quand est-ce que tu nous présentes quelqu'un ?

De mieux en mieux. Peut-être qu'elle n'exagérait pas tant que ça, Louise, hier, en me disant que sa famille n'arrêtait pas de la harceler avec ça.

Décidément, personne n'échapperait de ce repas vivant semblait-il. Louise s'apprêtait à répondre au moment où Jade l'interrompit :

— Et pourquoi devrait-elle impérativement vous présenter quelqu'un, Louise ? Elle n'est pas assez bien comme ça pour qu'on s'intéresse à elle ? Vous ne savez même pas à quel point Louise est une belle personne. À quel point elle réussit dans ce qu'elle entreprend, à quel point elle est passionnante, à quel point elle a des choses à raconter. Non, vous ne le savez pas, parce que la seule chose que vous savez faire, tous, c'est lui demander quand est-ce qu'elle va ENFIN vous présenter quelqu'un ! Mais peut-être qu'elle n'en a rien à foutre, d'être avec un mec ! Peut-être qu'elle n'a pas besoin d'être avec quelqu'un pour être entière. Qu'on n'a pas besoin d'être deux pour être intéressant, qu'on n'a pas besoin d'une relation pour être quelqu'un de bien. Il serait peut-être temps que vous le compreniez.

— Jade… commença à la mettre en garde Pascal. Je ne pense pas que la remarque de Joséphine partait d'une mauvaise intention.

— Bien sûr que non, et c'est bien là le cœur du problème, Papa ! C'est bien connu : l'enfer est pavé de bonnes intentions.

— Ne vous en faites pas, Pascal. On va mettre ça sur le compte des hormones, répondit Joséphine, affichant toujours son petit sourire raidi.

— Non, on ne va certainement pas mettre ça sur le compte des hormones ! J'en ai plus qu'assez de ce monde, de cette société qui nous impose à tout prix d'être en couple, et qui fait peser une pression absolument démesurée sur les célibataires.

— Jade, calme-toi.

— Vous ne soupçonnez même pas les effets dévastateurs que ça peut avoir sur la vie sentimentale de Louise. Parce que oui, Loulou, moi je suis persuadée que tu vaux bien mieux que les minables avec qui tu te lances dans des histoires impossibles. Mais tu sais pourquoi tu es toujours prête à tenter le coup malgré tout ?

— JADE ! ÇA SUFFIT !

Jade ne porta même pas attention à la voix d'Antoine, qui lui intimait le silence. Elle ne vit pas non plus l'air de Louise, qui paraissait reconnaissante de voir sa meilleure amie prendre publiquement sa défense. Elle poursuivit sa tirade.

— Je vais te le dire, moi. Parce que des gens comme Joséphine te font croire que tu n'es pas tout à fait normale si tu ne partages pas ta vie avec quelqu'un. Mais t'inquiète pas, va, même quand tu l'auras trouvé, ce quelqu'un, on ne te laissera pas en paix pour autant. Parce qu'à ce moment-là, il faudra aussi te marier avant de faire des gosses. Bref, tu pourras jamais mener ta vie comme tu l'entends sans que quelqu'un trouve quelque chose à en redire !

Sur ces mots, Jade se leva et quitta précipitamment la pièce. Au moment où la porte de la chambre claqua, un calme retentissant envahit l'appartement. Antoine, décidé à reprendre les choses en main, et à ne pas laisser transparaître sa colère, proposa :

— Bon, laissons-lui quelques instants. En attendant, je vous ressers une petite coupe de champagne ?

Décidément, Jade n'était plus elle-même depuis le début de cette grossesse.

CHAPITRE 35

Les coupes se vidèrent rapidement et Antoine décida que la bouderie de Jade avait suffisamment duré. C'était idiot, cette dispute, ils étaient là pour célébrer leur amour, et la voilà qui s'était enfermée depuis plus d'une demi-heure, le laissant affronter seul leurs deux familles réunies ! Difficile de faire la conversation tout en étant un hôte attentionné. Il en venait à désespérer de la voir réapparaître avant la fin du repas. Il avait donc commencé par prendre la température du côté de sa mère, qui, si elle ne voyait toujours pas où elle avait commis une erreur, avait consenti à ne pas remettre le sujet sur la table. Se satisfaisant de cet accord, Antoine se préparait donc à une négociation similaire dans la chambre. Il n'avait pas apprécié le ton sur lequel Jade s'était adressée à sa mère, mais il souhaitait qu'elle revienne. Alors qu'il se levait, Pascal vint à sa hauteur et le pria de se rasseoir.

— J'y vais, si ça ne t'ennuie pas.

Bien heureux de ne pas avoir à subir une deuxième salve de reproches, Antoine lui céda volontiers sa place.

— Je peux entrer ?

J'y crois pas. On m'envoie mon père pour me faire la morale, maintenant ! Jade savait que sa mauvaise foi ne survivrait pas à une discussion avec son père. Plus que tout au monde, elle vivait avec la peur de le décevoir un jour, lui qui avait une personnalité si calme et qui était apprécié de tout le monde. Elle savait pertinemment que son caractère volcanique avait suscité la désapprobation de son père à de nombreuses reprises ; pourtant, il était toujours présent pour tenter de la raisonner ou de l'apaiser. Bien souvent, au contact de Pascal, elle se sentait coupable de s'emporter autant, d'être si impulsive, de ne pas savoir maîtriser ses accès de colère. Mais Jade était ainsi faite et son père avait progressivement appris à la lire. Cela ne l'empêchait pas malgré tout d'intervenir lorsque sa fille dépassait les bornes.

— Chérie, qu'est-ce qui ne va pas ?

— Rien, Papa. Tout va très bien.

— C'est le bébé ?

— Mais non, ce n'est pas le bébé ! Est-ce que vous pouvez tous arrêter avec ça !

— Bon. Tu peux m'expliquer ta réaction, dans ce cas ?

Et merde. Au moins le bébé me fournissait une excuse plus ou moins acceptable. Piégée, elle soupira. On lui réclamait encore des explications. Des explications qu'elle était, une fois de plus, incapable de fournir.

— Il n'y a rien à expliquer. Personne ne devrait avoir à subir de telles remarques. C'est cette foutue pression de la société qui nous oblige à rentrer dans des cases et à nous oublier en chemin !

— Je sais, ma puce. Mais il n'y a pas que cette histoire de célibat, il y a aussi eu ta réponse à la remarque de Joséphine et Maman sur le mariage. Tu te rends compte du comportement que tu as pu avoir avec ta belle-mère tout à l'heure ? Tu t'es entendue lui parler ?

— Oui. Je sais. Mais, elle, tu l'as entendue ?

— Bien sûr que je l'ai entendue. Je dis juste que tu ne dois pas lui faire payer pour tout le monde. Et tu ne peux pas non plus parler aux gens comme tu le fais. C'est loin d'être la meilleure solution pour faire adopter ou, tout du moins, comprendre ton point de vue.

— Tu as raison, Papa, comme toujours… mais je n'en peux plus, tu sais, de ces leçons, de ces convenances à la con ! De ce qu'il faut faire, de ce qu'il ne faut pas faire. Enfin, tu es d'accord avec moi, non ? Tu n'as pas eu besoin d'épouser Maman pour la rendre heureuse !

— Non, bien sûr que non. Mais Joséphine, elle, a été élevée de cette façon. Et il lui faudra du temps avant d'accepter que son fils fasse les choses différemment de ce qu'elle avait imaginé pour lui.

— Mais enfin, ce n'est pas un drame, quand même…

— Pour toi et moi, non. Mais n'oublie jamais de te mettre à la place des autres. Tu sais si bien le faire, c'est ce qui te rend si humaine, si empathique. C'est toi qui m'as appris ce mot, avec ton hypersensibilité à laquelle je ne comprenais rien et qu'on a tous pourtant fini par accepter. Ce n'est pas seule que tu arriveras à mener cette révolution. Sois plus intelligente.

— Pardon, Papa.

— Ne t'excuse pas. En tout cas, pas auprès de moi. Je partage ton point de vue, et je suis fier que tu l'aies défendu avec autant de conviction. Mais la prochaine fois, mets un peu plus les formes ! Ou choisis mieux tes adversaires. Le coup de la belle-mère, c'est un peu cliché tu ne trouves pas ?

Le poids qui comprimait le cœur de Jade s'allégea, un peu, lorsqu'elle vit le clin d'œil de son père.

Papa, si tu savais. Si tu connaissais la vérité, tu serais tellement effondré et déçu par mes mensonges. Je sais ce que tu me recommanderais de faire…

— Tu feras une merveilleuse mère, ma puce.

Alors le poids revint, plus pesant encore, et Jade laissa libre cours à ses sanglots. Pascal y vit la libération des émotions contenues au cours de cette journée intense. Mais c'était de tristesse que Jade pleurait. De désespoir.

Papa, pourrai-je un jour ne serait-ce qu'aimer ce bébé ? Pourrai-je lui donner le quart de ce que tu m'as donné ? Et

Antoine ! Pourra-t-il lui transmettre tout ce que tu m'as appris, et que tu continues à m'apprendre tous les jours de ma vie ?

C'était avec lui, que je le voulais, ce bébé ! Et maintenant, quoiqu'il se passe, j'aurai toujours l'enfant d'un autre sous les yeux.

CHAPITRE 36

Pascal et Jade finirent par revenir dans la salle, où tout le monde faisait semblant de ne pas les attendre. Jade avait les yeux rougis, mais ses invités eurent la décence de ne pas le lui faire remarquer. On attendit d'arriver au gâteau pour suggérer de prendre des photos afin d'immortaliser ce moment. L'incident avait été occulté.

Jade mit sa fierté de côté et alla s'excuser de s'être emportée auprès de Joséphine, pour qui il aurait été trop facile de rassurer sa belle-fille à coups de « ce n'était rien ». Non, Joséphine se contenta de sourire à Jade sans lui répondre, comme s'il était dans l'ordre logique des choses de recevoir des excuses sans même en formuler, et le sujet fut clos.

Une fois le café servi, Paul vint s'installer à côté de celle qui partageait la vie de son cousin.

— Tu vas bien ?

— Oui.

— Tu es sûre ?

— Oui, je suis sûre.

— Jade, il faut qu'on parle, tu le sais.

— Pas ici, Paul.

— Mais quand alors ?

— Je ne sais pas. Il faut être plus discret.

— Dis-moi juste quand, et je te laisserai tranquille.

— Je t'enverrai un SMS, répondit-elle en observant à la ronde les autres membres de la famille réunis autour de la table.

Louise fut la seule à capter ce regard et ces échanges discrets. Elle nota dans un coin de sa tête d'ajouter le sujet à la liste des nombreuses choses dont elle souhaitait discuter avec Jade.

CHAPITRE 37

FINALEMENT, la journée se déroula sans qu'aucun nouveau conflit n'éclate. Jade était exténuée. Elle n'évita bien sûr pas une petite pique ou deux de la part de sa belle-mère au moment du départ (« J'espère que la prochaine fois, tu seras un peu moins sur la défensive ! Tu vas pouvoir profiter des prochains mois pour apprendre à garder ton calme, ça ne te fera pas de mal avec le bébé. »), ni une parole rassurante (« Laisse couler, ma puce… ») de son père.

La soirée se déroula dans un silence pesant. Si Jade ne tenait pas à évoquer les désaccords qui avaient ponctué la journée, Antoine, lui, les avait bien en tête. Il entra dans le vif du sujet sans préambule :

— On peut savoir ce qui t'a pris, tout à l'heure ?

— Ce n'est pas en criant comme ça que je vais avoir envie de te répondre.

— Tu plaisantes ? Toi, là, tu n'apprécies pas le ton que moi je viens d'employer ? Et le ton avec lequel tu t'es adressée à ma mère, on en parle ?

— C'est elle qui a commencé, je n'ai fait que me défendre.

— Non mais tu t'entends ? On n'est pas à la cour de récré, là, Jade. On parle de ma mère !

— Eh bien ta mère m'a gonflée, je n'étais pas d'accord avec elle.

— Moi non plus, je n'étais pas d'accord avec elle et pourtant je ne l'ai pas agressée, il me semble !

— Je ne sais pas quoi te répondre. Je ne vois pas l'intérêt de raviver cette conversation.

— Eh bien déjà, j'apprécierais que tu t'excuses. Tu l'as fait auprès de ma mère, mais pas auprès de moi. Et, ensuite, j'aimerais que tu me promettes que ça ne se reproduira pas.

— Très bien. Je m'excuse. Ça ne se reproduira pas.

— J'espère que tu le penses. Je ne remue pas le couteau dans la plaie pour t'enfoncer, Jade. Mais c'est ma mère. Elle a ses défauts, mais je l'aime. Je n'ai pas envie d'avoir à choisir mon camp entre vous deux.

Après cette conversation, l'envie d'être ensemble prit le dessus, et Jade parvint à s'apaiser devant un film choisi par Antoine.

CHAPITRE 38

Le lendemain, Jade allait enfin accueillir sa nouvelle stagiaire au sein de l'établissement. Elle était arrivée en avance pour préparer la salle de classe. Andréa arriva, ponctuelle, dix minutes avant que la cloche ne sonne. Jade la présenta aux enfants qui étaient, pour une fois, d'humeur studieuse. Le moindre changement les impressionnait et engendrait chez eux un comportement imprévisible. Cette fois-ci, heureusement, ils s'étaient contentés d'observer la nouvelle venue avec méfiance, se demandant si leurs moments de complicité avec leur maîtresse allaient prendre fin. S'apercevant qu'Andréa était aussi calme et douce que Jade, la journée reprit son cours normal et se termina sans incident majeur.

Après cette première journée d'initiation, Jade proposa à Andréa de l'inviter chez Angelina, le fameux salon de thé de la rue de Rivoli, à deux pas du jardin des Tuileries, pour faire plus ample connaissance. Ce serait l'occasion de discuter sans être interrompues par les cris incessants de la cour de récréation.

— Alors Andréa, tes impressions ? Tu n'as pas encore eu envie de prendre tes jambes à ton cou et de revoir ton choix de carrière ? entama Jade sur le ton de l'humour.

— Pas encore ! Je me suis sentie à l'aise ; je suis issue d'une famille nombreuse, ça aide peut-être. Et puis, je les ai trouvés plutôt sages.

Jade sourit à cette remarque.

— C'est vrai que tu as eu de la chance aujourd'hui, ils étaient dans un bon jour. Mais ne t'habitue pas trop vite ! Ils peuvent être vraiment fatigants lorsqu'ils s'y mettent. Alors dis-moi, tu as combien de frères et sœurs ?

— Quatre. Je suis l'aînée. Autant te dire que je sais dans quoi je m'engage avec ce métier !

— J'imagine. Tu aidais beaucoup tes parents en t'occupant des plus jeunes ?

— Je les ai pas mal aidés quand je vivais chez eux, mais depuis que j'ai mon appartement, j'ai beaucoup plus de temps pour moi !

— Qu'est-ce que tu fais de ton temps libre, alors ?

— Eh bien... J'ai deux passe-temps radicalement différents.

— Tu m'intrigues ! De quoi s'agit-il ?

— J'anime une chaîne YouTube et... je suis bénévole dans une association qui s'appelle la Fondation des femmes.

— Ah oui ! C'est vrai, Romane m'avait parlé de ta chaîne YouTube. Je voulais aller y faire un tour pour regarder une ou deux vidéos, mais ça m'est complètement sorti de l'esprit. Raconte-moi un peu, comment tu as commencé tout ça ?

— Je ne sais même pas si j'avais une ambition particulière quand j'ai lancé ma chaîne. Je me souviens que j'étais étudiante en fac de lettres, je venais de débarquer à Paris. La Sorbonne, c'est un établissement prestigieux, mais c'est loin d'être facile d'y faire des rencontres. Je me sentais seule, ma famille me manquait... Alors j'ai décidé de me lancer. Je me suis dit que, peut-être, il y avait d'autres personnes dans mon cas, et que ça m'amènerait à les rencontrer. Peut-être que je n'étais pas la seule à adorer le maquillage et peut-être que certaines filles avaient comme moi envie de découvrir les cosmétiques bio, d'être guidées dans leurs choix. Je voulais simplement partager mon expérience, avec l'espoir que quelqu'un me réponde et partage à son tour des conseils.

— Donc tu fais des vidéos plutôt en lien avec le maquillage bio ?

— Oui, à la base, mais depuis quelque temps elles ont pris un tournant plus engagé. En fait, mes vidéos ont rapidement cartonné. Je ne m'y attendais pas, j'en ai été la première surprise. Et puis, sans m'en rendre compte, je me suis mise à parler de choses plus personnelles. Déjà, il faut dire qu'on se dévoile bien plus que ce que l'on pense en tournant des vidéos à visage découvert ! Bon, ce serait difficile de dissimuler mon visage pour parler make-up, en même temps. Mais quand même. Quand j'ai commencé à avoir mon petit succès, des gens se sont mis à me reconnaître dans la rue. Ça me paraissait dingue ! Comment avec des simples vidéos, je pouvais devenir aussi connue ! J'ai compris que je n'étais plus seule devant ma caméra, mais qu'il y avait au contraire plein de gens derrière moi, derrière leur écran, qui me regardaient et qui étaient prêts à me faire confiance. Mais, en parallèle de ça, toute cette notoriété est allée de pair avec une espèce d'acharnement. Alors oui, bien sûr, il y avait des gens qui me reconnaissaient et qui m'arrêtaient dans la rue parce qu'ils m'appréciaient ! Mais j'ai également commencé à subir du cyber-harcèlement, à me faire insulter, la plupart du temps par des hommes qui m'étaient inconnus. Et même dans la rue !

— Je suis vraiment désolée d'entendre ça…

— Tu n'y es pour rien. On connaît toutes ça à Paris je pense. Sauf que là, je n'étais plus n'importe quelle Parisienne, j'étais Andréa, la petite youtubeuse qui donne des conseils sur Internet. Ils me connaissaient. J'étais « accessible ». Un soir, un homme m'a suivie jusque chez moi, il m'a agressée pour de l'argent et a ensuite divulgué mon adresse sur Facebook. Le lendemain j'ai reçu des lettres de menace dans ma boîte aux lettres. Je vivais seule, j'ai pris peur, j'ai déménagé en urgence. J'ai compris à quel point être une femme, seule qui plus est, pouvait être dangereux, à quel point j'étais exposée. Je me suis dit que tout ça ne serait sûrement pas arrivé si j'avais été un homme. Je n'ai pas eu envie de parler de cette histoire directement sur ma chaîne, tu comprends, je ne voulais pas devenir une victime ou que l'on m'érige en martyr, simplement parce que moi j'étais connue. J'ai pris conscience que ce que je venais de vivre, d'autres l'avaient vécu avant moi dans l'anonymat le plus total. Ça m'a donné envie d'aider les autres, j'avais besoin d'être utile. Être utile pour ne plus avoir peur.

Jade était profondément ébranlée par le témoignage d'Andréa. Elle était loin de s'imaginer que ce petit brin de fille avait déjà traversé une épreuve aussi importante. Elle ne se serait jamais doutée qu'elles avaient tant en commun, et fut secouée de se retrouver dans son discours. Jade n'en eut que plus de respect pour sa maturité et la bienveillance dont elle avait fait preuve toute la journée avec ses élèves.

— Je suis tellement désolée de ce qui t'est arrivé. Tu n'as jamais évoqué ça dans tes vidéos ?

— Non, jamais directement.

— Mais, pourtant, tu me disais que tu as quand même abordé des sujets plus personnels ?

— Oui... Je crois que c'est lié à la prise de conscience que tous ces gens, ces followers dont le nombre n'arrêtait pas d'augmenter, étaient des personnes réelles. Des personnes qui avaient le pouvoir de faire changer les choses. Elles, par leur action. Moi, par ma notoriété. Mon idée de parler de cosmétiques bio vient de là : nous n'avons qu'une seule planète. Il faut la protéger. Pour mon féminisme, c'est pareil : nous n'avons qu'une seule vie, il faut défendre nos libertés. Pas seulement pour nous mais pour les filles qui suivront.

— Je me reconnais beaucoup dans ce que tu dis... J'aime que tu oses employer le mot féminisme. Il fait parfois peur, et j'ai du mal à comprendre pourquoi.

— Moi non plus, je ne comprends pas. Bon, je suis loin d'avoir la prétention d'être la Simone Veil 2.0 ! Certainement pas, j'ai bien trop de respect pour cette femme pour prétendre l'égaler. Mais je pense que ma popularité doit servir à quelque chose.

— C'est après ton agression que tu t'es intéressée à l'association dans laquelle tu es bénévole ?

— Oui, exactement. Je voulais moi aussi servir à quelque chose. Alors j'ai cherché les associations féministes de Paris, je me suis rendue à différentes réunions. Et puis je me suis rapprochée de celle qui me correspondait le plus et je leur ai proposé mon aide régulière. Avec les cours, c'était facile à concilier. C'est comme ça que je me suis retrouvée, deux soirs par semaine, à faire l'accueil d'un foyer pour femmes.

— Ah oui, deux soirs, quand même ! Ça va aller avec le stage en parallèle ? Le rythme risque d'être plus intense pour toi.

— Oui c'est vrai, ça va se corser, mais je n'ai pas envie de lâcher. Là-bas, on recueille toutes sortes de femmes : des femmes battues qui cherchent à fuir leur mari, des immigrées qui ont tenté d'échapper au mariage forcé, des femmes victimes d'agressions sexuelles et qui ne savent pas vers qui se tourner... J'ai suivi une formation en psychologie pour être à même de les recevoir. Je fais aussi de la veille téléphonique, les soirs où je suis « de garde ». Je réponds aux coups de fil, parfois je suis obligée de faire le lien avec la police lorsque le cas dépasse nos compétences. C'est dur, je ne te le cache pas, mais je m'y sens à ma place, j'ai l'impression d'aider. J'y ai fait de formidables rencontres.

— Je comprends totalement ta démarche. C'est quoi le nom de cette association ?

— Les Femmes de Paris. Les locaux se situent dans le 18e arrondissement.

— Tu sais, j'ai toujours voulu me rendre utile moi aussi, pourtant je n'ai jamais franchi le pas…

— Tu pourrais venir avec moi, un de ces soirs. Si ça te dit…

— Ça ne te dérangerait pas ? Je veux dire, tu vas déjà devoir me supporter toute la journée…

Andréa s'esclaffa.

— Bien sûr que non ! Tu sais, c'est important d'aider, on a besoin de monde là-bas. Et puis, je n'ai pas l'impression que ce soit une tâche si impossible que ça, de te supporter !

CHAPITRE 39

JADE ÉTAIT VRAIMENT RAVIE de la collaboration avec sa nouvelle stagiaire. Elle ne savait pas à quoi s'attendre avant son arrivée, et était désormais enthousiaste de travailler avec Andréa qui avait toujours le sourire et faisait preuve de beaucoup de douceur avec les enfants. Elle sentait qu'elles allaient très bien s'entendre ; elles étaient déjà en phase sur de nombreux sujets. Elle était impressionnée par sa force et sa détermination.

Jade avait été profondément ébranlée par ses confidences de la veille. Elle ne s'attendait pas à ce qu'Andréa s'ouvre autant à elle, et elle avait été plus que touchée par son honnêteté. Elle avait d'abord eu beaucoup de mal à s'endormir, ressassant en boucle les paroles d'Andréa. Puis, lorsqu'elle avait enfin réussi à trouver le sommeil, elle avait cauchemardé. Elle oubliait systématiquement de quoi étaient faits ses rêves, mais l'impression laissée par cette nuit lui prouvait que le moment n'avait pas été agréable. À son réveil, elle découvrit son dos trempé de sueur.

En arrivant à l'école, elle accueillit Andréa par un grand sourire, et lui demanda aussitôt si elle pouvait l'accompagner lors de sa prochaine garde. Celle-ci aurait lieu le lendemain, aussi convinrent-elles de s'y rendre directement après le départ des élèves.

CHAPITRE 40

Jeudi 25 octobre

JE NE SAIS PAS POURQUOI, mais ce poème me hante. Je le connais depuis l'enfance. D'ailleurs, je l'ai à mon tour enseigné cette année à mes élèves. Il sonne juste.

« Passent les jours et passent les semaines
Ni temps passé
Ni les amours reviennent
Sous le pont Mirabeau coule la Seine »

La Seine continue de couler, et tu n'es plus là pour l'admirer.

CHAPITRE 41

LORSQU'ELLE ARRIVA DEVANT L'IMMEUBLE de la rue George-Sand – adresse prédestinée –, dans le 18e arrondissement, Jade ne put retenir un petit sourire. Si on lui avait demandé de dresser un portrait de la maison hébergeant l'association, sa description aurait été exactement conforme au bâtiment qui se tenait face à elle. Large sans être trop voyant ni imposant, se fondant plutôt bien dans le décor, mais identifiable grâce à sa jolie plaque posée sur la devanture. « Femmes de Paris. »

Elle avait prévenu Antoine qu'elle rentrerait tard ce soir-là, elle avait donc tout son temps. Lorsque Andréa et elle se présentèrent à l'accueil, une femme d'une quarantaine d'années les accueillit avec douceur.

— Andréa, ma chérie ! Comment vas-tu ? Tu es venue accompagnée ce soir ?

— Bonsoir, Annie ! Eh oui, je te présente Jade. En réalité, c'est ma tutrice à l'école. Je lui ai parlé de l'association, et elle a souhaité m'accompagner ce soir.

— Quelle bonne idée ! Bienvenue. Vous voulez un café ?

Jade regarda sa montre. 20 heures.

— Hum, il est un peu trop tard pour ça pour moi. Mais peut-être un verre d'eau si vous avez ?

— Oui bien sûr, excusez-moi. Ici, quand on fait une garde, on ne sait jamais vraiment à quelle heure on rentre, alors on prend ses précautions et le café est d'usage. Venez, suivez-moi, je vais vous faire visiter les locaux, ça me dégourdira les jambes. Andréa, je peux te laisser me remplacer à l'accueil ?

— Bien sûr ! À tout à l'heure.

Annie fit faire à Jade le tour des cinq étages qui composaient l'immeuble. La plupart des pièces étaient divisées en petites chambrettes, attribuées à des femmes qui n'avaient aucun foyer dans lequel se réfugier. Jamais Jade n'aurait imaginé qu'elles puissent être si nombreuses. À chaque étage, elle croisait des regards interrogatifs. Des dizaines et des dizaines de femmes, accompagnées parfois de leurs enfants, qui vivaient dans quelques mètres carrés tout au plus. Elle ne put s'empêcher d'interroger Annie.

— Qu'est-ce qui vous a amenée à faire ça ? À vous impliquer autant ?

— Vous croyez qu'il faut forcément une explication ? Un élément déclencheur ?

— Hum, non, pas nécessairement, mais on naît rarement en étant déjà féministe, à moins que ça ne nous soit transmis par nos parents...

— C'est vrai, vous avez raison. Je ne sais pas si j'ai vraiment eu une prise de conscience un jour. Mais j'ai partagé la vie d'un homme violent pendant quinze ans. Lorsque je suis partie, je me suis juré de protéger les femmes de ce qu'il m'avait fait subir. Alors me voilà.

— Je suis désolée. Je ne voulais pas être indiscrète.

— Vous ne l'êtes pas. Ne vous en faites pas, lui répondit Annie avec un sourire bienveillant. La curiosité n'est pas forcément un vilain défaut, contrairement à ce que l'on fait croire aux enfants !

— C'est vrai. C'est ce que j'ai toujours pensé.

— Et vous, Jade, qu'est-ce qui vous amène ici ? Il n'y a pas qu'Andréa, je le vois.

— Je...

— Excusez-moi, je vous cherchais ! Annie, j'ai besoin de toi en bas s'il te plaît. Il y a plusieurs arrivantes à l'accueil.

Jade fut interrompue par l'arrivée soudaine d'Andréa. *Elle tombe à pic.*

— Désolée Jade d'interrompre ta visite, mais tu peux continuer si tu veux.

— Ne t'inquiète pas, je vais venir avec toi. En tout cas, c'est un endroit très chaleureux ici.

— Oh oui, nous essayons de tout mettre en œuvre pour que les femmes que l'on accueille s'y sentent en confiance.

— C'est réussi.

Elles avaient à peine fait deux pas que le téléphone se mit à sonner, forçant Annie à presser le pas pour y répondre, pendant qu'Andréa enregistrait l'entrée des nouvelles résidentes.

CHAPITRE 42

FORCÉE DE PATIENTER, Jade se mit à écouter l'échange d'une oreille d'abord distraite, puis de plus en plus attentive. Annie semblait trouver les mots justes de manière naturelle, tout en prenant des notes, pour rassurer son interlocutrice qui visiblement venait d'être victime de la violence verbale de son petit ami.

— Est-ce la première fois qu'il menace de lever la main sur vous ? Qu'il vous insulte ? D'accord. Ce n'est pas parce que c'est la première fois que c'est négligeable, je suis d'accord avec vous. Vous avez eu le bon réflexe en nous appelant. J'entends que vous n'avez pas de famille à proximité. Je comprends votre peur, nous avons une place au foyer pour vous accueillir ce soir si vous souhaitez mettre de la distance avec votre compagnon. Envisagez-vous la possibilité de quitter votre domicile ? Pensez-vous qu'il soit en mesure de mettre ses menaces à exécution ? Bien, dans ce cas, je vous invite à prendre vos affaires et venir nous rejoindre le plus rapidement possible. Non, nous ne fermons pas la nuit, il y a toujours quelqu'un à l'accueil pour répondre aux coups de téléphone. Très bien. Dans combien de temps ? C'est noté. Quel est votre prénom, mademoiselle ? Et quel âge avez-vous ? Bien, je vous attends dans vingt minutes. À tout à l'heure.

Annie finit par raccrocher et se tourna vers Jade en s'excusant.

— Pardonnez-moi, il y avait urgence. Une jeune adolescente de 16 ans vivant avec son compagnon vient d'être agressée verbalement. Elle est enceinte, et il menace de tuer l'enfant en la rouant de coups.

Jade tressaillit à ses mots.

— J'ai vu que vous preniez des notes ?

— Oui en effet, c'est une procédure que nous avons mise en place récemment. Cela permet de garder une trace des appels de nuit. Et en cas de dépôt de plainte, cela peut faire office de preuve dans le cadre d'un procès. Ça s'est déjà montré utile. C'est une habitude à prendre.

Un silence se fit pendant que Jade réfléchissait à ce qu'Annie venait de lui dire.

— Toute cette violence, c'est vraiment quelque chose qui me dépasse. Comment peut-on faire subir ça à quelqu'un… J'ai beau savoir que ce sont des choses qui se produisent chaque jour, je ne comprends pas ce qui se passe dans la tête de ces agresseurs pour qu'ils se conduisent ainsi.

— Je me pose la question tous les jours, vous savez. Car tous les jours nous recevons de nouveaux appels. Des femmes de tout milieu qui sollicitent notre aide. Pourtant, parfois… demander de l'aide ne suffit pas.

— Comment ça ? Que voulez-vous dire ? Je ne comprends pas.

— Demander de l'aide, c'est une première étape. Mais l'accepter, c'est la seconde. Parfois, le conjoint reprend le dessus, ou alors le déni empêche les victimes de poursuivre leur démarche… Voyez-vous, nous ne pouvons pas aider les femmes qui ne veulent pas être aidées. Certaines préfèrent rester dans leur situation, ou garder leur secret pour elle. La honte est un véritable fardeau. Il faut que l'élément déclencheur vienne d'elles. Tant que le déclic ne s'est pas produit, nous ne pourrons rien faire pour elles.

En prononçant ces mots, Jade se sentit traversée d'un frisson. Les mots d'Annie la percutaient. Elle se rendit compte que celle-ci la regardait fixement.

Se pourrait-il... qu'elle ait compris quelque chose ?

Comme si elle lisait dans ses pensées, Annie reprit.

— Vous savez, cela fait plus de dix ans que je travaille ici. J'en ai vu beaucoup, des femmes. J'arrive à reconnaître celles qui veulent garder un secret. Il y a quelque chose dans leur regard... Quelque chose d'indéfinissable. Je le vois aussi chez vous.

— Je...

— Vous n'êtes pas venue là pour ça, je le sais. Mais vous n'êtes pas là par hasard, j'en suis convaincue. Si je peux vous donner un conseil... Ne gardez pas vos secrets pour vous. Les secrets peuvent rapidement se transformer en mensonges, et les mensonges peuvent ronger une existence. Si vous n'avez personne à qui parler, écrivez-le. Écrire fait du bien, c'est une activité bien plus libératrice que ce que l'on pense, et ça permet de mettre de l'ordre dans ses idées. Tout nous apparaît plus clair, avec un peu plus de distance, une fois couché sur papier.

Annie fit une courte pause, pour laisser le temps à Jade de rassembler ses esprits.

— Ce que je vous dis, mademoiselle, c'est que la porte des Femmes de Paris vous sera toujours ouverte. Si vous avez besoin de parler de vos secrets à quelqu'un, vous savez où me trouver. Je sais que vous êtes venue dans un premier temps jeter un coup d'œil à notre association, mais si je vous montrais maintenant comment nous venons en aide à nos résidentes ?

— Avec grand plaisir. J'aimerais beaucoup me rendre utile...

CHAPITRE 43

Mardi 30 mai

ANNIE M'A CONSEILLÉ de commencer à écrire. Cette femme m'impressionne. C'est comme si elle lisait entre les lignes, comme si elle parvenait à déchiffrer l'insondable. J'ai l'impression qu'elle a réussi à me percer à jour alors que je ne la connaissais que depuis une vingtaine de minutes. Je l'ai rencontrée aux Femmes de Paris, l'association dans laquelle ma nouvelle stagiaire Andréa fait du bénévolat. Annie a l'air d'avoir un lourd vécu, je crois que son mari la battait. Je pense aussi que c'est une personne très à l'écoute. Mais pourtant, je comprends difficilement son conseil. Je n'ai rien à voir avec ces femmes. J'ai la chance d'avoir Antoine qui est un homme merveilleux. Jamais il ne me ferait de mal. Antoine est l'homme de mes rêves. Je l'aime. J'ai beaucoup de chance de l'avoir.

Pourquoi ai-je alors suivi le conseil d'Annie ?

Pourquoi suis-je à ce point incapable de me réjouir ?

Pourquoi... pourquoi est-ce que je lui mens ? Pourquoi suis-je incapable de lui dire la vérité ? Pourquoi suis-je incapable de lui confier le mal qui me ronge ? Pourquoi n'ai-je toujours pas réussi à revoir Paul, ni même à répondre à ses messages ?

Écrire était dangereux, Jade le savait. Écrire laissait des traces. Mais pourtant, lorsque Annie le lui avait conseillé, l'idée avait fait son chemin. C'était plus fort qu'elle, elle n'avait pas pu se retenir. Elle était entrée dans une librairie le lendemain sur le chemin du travail et avait intuitivement choisi un carnet noir, très sobre, qui n'attirerait pas trop l'attention sur lui, et qu'elle pourrait ranger incognito dans sa bibliothèque. Elle était quasiment sûre qu'Antoine n'irait pas fouiller par là ; les livres, c'était plutôt son domaine à elle. Oui, surtout, il ne fallait pas qu'Antoine découvre ce carnet.

C'étaient donc les premiers mots qu'elle avait intuitivement tracés dans son petit carnet. Elle ne savait pas très bien par où commencer, ni ce qu'elle voulait écrire exactement. Mais après tout, pourquoi pas. Écrire était peut-être la seule solution dont elle disposait, finalement. Ce n'était peut-être pas la réponse idéale… Mais c'était toujours mieux que rien.

JUIN

CHAPITRE 44

JADE DÉBUTAIT LE MOIS DE JUIN par un rendez-vous qu'Antoine n'avait cessé de lui rappeler. Elle savait bien qu'elle allait devoir s'y confronter à un moment ou à un autre, mais elle n'imaginait pas que ce moment arriverait si vite. Pourtant, déjà deux mois s'étaient écoulés depuis qu'elle avait appris qu'elle était enceinte.

Antoine, dans sa volonté de bien faire et de s'approprier lui aussi sa propre part de charge mentale, s'était donc occupé des rendez-vous médicaux en plus des rencontres avec les nourrices, du dossier pour la crèche, et des cours de préparation à l'accouchement. Le bébé n'était pas encore là qu'il occupait déjà l'intégralité de leurs soirées, ne laissant aucun vide à combler. Jade n'avait toujours pas averti sa directrice de sa grossesse, mais comptait bien s'en occuper ce jour-là, au retour de sa toute première échographie. Histoire de rendre cette journée désagréable au possible et de pouvoir rayer non pas une seule mais bien deux tâches qu'elle rechignait à effectuer depuis trop longtemps au goût d'Antoine.

Au moment d'entrer dans la clinique, le portable de Jade se mit à vibrer.

Antoine m'a dit pour le rendez-vous. J'ai compris que tu m'évitais, tu sais. Ce n'est rien. J'espère juste que tu vas bien, et que le bébé aussi. N'oublie pas que je suis là, Jade. Je serai toujours là. Je pense très fort à toi, je t'embrasse.

Un texto signé Paul qu'elle s'empressa d'effacer après l'avoir lu et, surtout, sans y répondre.

Pour cette première échographie, Antoine avait insisté pour être présent. Il n'allait tout de même pas rater cet instant unique ! Jade, indifférente, s'était laissée porter par un Antoine à la fois excité et angoissé.

— Bonjour, nous avons rendez-vous à 9 heures au nom de Loiseau.

— Installez-vous, le Dr Belletin va venir vous chercher.

Jade ne raffolait pas particulièrement des consultations gynécologiques, encore moins en présence de son compagnon. Mais elle s'entendait très bien avec sa gynécologue qui était à la fois patiente et pédagogue. Jade parvenait même à lui pardonner ses retards constants, car elle savait que le Dr Belletin prenait son temps avec ses patientes, répondant à leurs moindres questions même si cela impliquait un dépassement horaire. Elle leur avait été d'un soutien précieux lors de la fausse couche de Jade, et le couple lui en était reconnaissant. Pour rien au monde Jade n'aurait voulu confier son corps à une autre personne, tant sa présence à leurs côtés avait été inestimable. Sans elle, leur couple aurait eu beaucoup plus de difficultés à se reconstruire. Le Dr Belletin avait énormément insisté sur la fréquence de ce genre d'accidents, qui étaient bien plus répandus qu'on pouvait le croire. C'était elle qui avait réussi à convaincre Jade que la fausse couche n'était pas de sa responsabilité.

L'attente ne fut pas très longue, ils étaient parmi les premiers à rencontrer la gynécologue ce matin-là.

— Madame Loiseau, je suis heureuse de vous revoir. Et accompagnée, qui plus est. Mon secrétaire m'a informée que vous veniez me consulter pour une grossesse, je suis tellement heureuse pour vous.

L'estomac de Jade se noua à ces mots. Elle trahissait tellement de gens qui lui étaient chers, en dissimulant son secret. D'abord Antoine, ensuite Louise et toute la famille, maintenant le Dr Belletin... Était-elle condamnée à mener une vie entière de mensonges ?

— Merci de nous recevoir, docteur. Vous ne pouvez pas savoir comme nous sommes heureux, nous aussi, répondit Antoine.

— Alors, à combien de semaines en êtes-vous, madame ?

— Euh... à vrai dire, je n'ai pas vraiment compté en semaines. Ça date du début du mois de février...

— Environ... seize semaines, donc ! Eh bien, il était temps de venir me voir. Soulevez votre tee-shirt, nous allons écouter tout ça.

Jade s'exécuta. Elle fut surprise de découvrir que l'arrondi que formait son ventre s'était affermi. Elle n'y avait pas prêté attention, mais pourtant, il était bien là, ce bébé. La preuve était formelle, elle ne pouvait plus l'ignorer.

— Attention, je vais vous étaler du gel sur le ventre, ça risque d'être un peu froid.

Antoine se rapprocha de Jade et lui prit la main. Ses yeux peinaient à contenir quelques larmes, qui menaçaient de couler à tout moment.

Quelque chose ne va pas. Je ne devrais pas être là, comme ça, avec lui. Tout ceci aurait déjà dû se produire il y a quelques mois.

Jade se mit aussi à pleurer lorsque l'image apparut sur le moniteur. Une émotion bien réelle lui enserrait la gorge. Non pas de joie. Mais de culpabilité.

Elle regardait Antoine qui peinait à étouffer son bonheur.

Comment pouvait-elle le trahir à ce point ?

CHAPITRE 45

— Souhaitez-vous connaître le sexe du bébé ?

Jade consulta Antoine du regard, lui signifiant que la décision était sienne. Ils en avaient discuté, mais elle souhaitait lui laisser la possibilité de changer d'avis. Son signe de tête lui apprit que ce n'était pas le cas.

— Non. S'il vous plaît, ne nous dites rien. On ne veut pas savoir. Ce bébé aura toute une vie à devoir supporter les préjugés liés à son sexe, accordons-lui quelques mois de répit.

— Eh bien ce sera donc une surprise, je le note dans votre dossier ! Je vais vous imprimer quelques clichés, en attendant vous pouvez vous nettoyer avec les petites serviettes prévues à cet usage sur votre gauche.

Antoine, étreint par l'émotion, n'arrivait pas à parler. Ses yeux brillaient d'une lueur étincelante que Jade n'arrivait pas à supporter. Elle se rhabilla en silence, avant de demander au Dr Belletin quand serait leur prochain rendez-vous.

— Je vous reverrai dans trois mois. D'ici là, voici une fiche récapitulative avec toutes les informations dont vous pourriez avoir besoin. N'hésitez pas à m'appeler en cas de doute, vous savez que je réponds toujours à ma ligne directe. Je vous invite à aller voir Jérôme, mon secrétaire, pour fixer le prochain rendez-vous. Je vous revois en septembre ! Et encore félicitations. Je suis sincèrement heureuse pour vous deux, vous le méritez.

Jade avait surtout l'horrible impression de mériter de se sentir coupable, après avoir ainsi trahi celui qu'elle aimait le plus au monde. Évidemment, elle n'avait rien prémédité. Mais cela ne changeait rien aux faits : c'était arrivé, et elle n'avait rien dit.

CHAPITRE 46

Une première étape venait d'être franchie, il était désormais temps de s'attaquer à la seconde : l'annonce de sa grossesse et de l'imminence de son congé maternité à Romane, la directrice de l'école dans laquelle elle enseignait. Un palier supplémentaire qui ne faisait que souligner l'inéluctable arrivée de ce bébé dans le monde réel. Un rendez-vous dont Jade se serait bien passé mais auquel elle était bien obligée de se plier. Elle voyait mal comment elle aurait encore pu retarder cette annonce. Jade appréciait beaucoup Romane, qu'elle connaissait depuis son arrivée au sein de cette école. Elle ne doutait pas que sa réaction serait très positive.

Jade n'avait pas réellement réfléchi à la manière dont elle aborderait le sujet, mais elle n'eut pas besoin de le faire. Ses demandes d'entretien auprès de Romane étaient suffisamment rares pour que celle-ci comprenne d'elle-même la nature de leur échange. Elle avait par ailleurs remarqué les nausées matinales qui précipitaient Jade aux toilettes de manière assez récurrente, ces derniers temps.

Loin donc de la culpabiliser sur sa prochaine absence, Romane prit Jade dans ses bras, faisant céder les digues des larmes qu'elle contenait depuis son rendez-vous chez le Dr Belletin.

— Eh bien, eh bien, que se passe-t-il, Jade ? Trop d'émotions ?

— Je... oui, j'imagine. Je ne sais pas. Je suis un peu perdue.

— C'est normal, voyons, c'est un grand bouleversement dans ta vie. Mais tu vas gérer ça comme une pro, j'en suis certaine !

— Je... je ne veux pas partir d'ici.

— Mais personne ne te demande de partir, Jade, ne t'inquiète pas pour ça ! Comme si on pouvait te remplacer ! Ne t'en fais pas pour ton poste, on te gardera la place bien au chaud et, quand tu reviendras, l'école sera toujours là. Et puis, les enfants se sont habitués à ta stagiaire. Même si un autre instit vient te remplacer, ils auront ce repère-là.

Le poids qui comprimait la poitrine de Jade s'allégea légèrement. Elle n'avait même pas pris conscience de cette peur ancrée en elle : celle de ne pas retrouver son poste. C'était une situation bien trop courante, lorsqu'une femme devenait mère : elle n'était plus considérée que comme une maman avec des contraintes horaires, et cette nouvelle vie marquait la fin de l'ascension professionnelle à laquelle elle pouvait prétendre. Jade avait tellement assisté à ce schéma autour d'elle qu'elle l'avait inconsciemment assimilé. Elle aimait profondément son métier et elle avait déjà dans l'idée de prendre à son tour plus de responsabilités en assumant la direction d'une école en plus de son métier d'enseignante. Jade se levait le matin avec une envie profonde de retrouver ses élèves et ses collègues. Elle était passionnée, et c'était bien ce qui la rendait passionnante à son tour.

— Tu es rassurée ?

— Oui, ça va mieux. Excuse-moi.

— Ne t'excuse pas, voyons. Allez, viens, je t'invite à déjeuner, on va fêter ça avec un bon petit repas !

CHAPITRE 47

Vendredi 26 octobre

AUJOURD'HUI, nous sommes vendredi.
Je n'aime pas les vendredis.
Aujourd'hui nous sommes vendredi, et cela fait treize jours que tu n'es plus là.
Je n'aime pas les vendredis.
Je n'aime pas le chiffre 13.
Alors, un vendredi 13...

CHAPITRE 48

Plusieurs jours passèrent avant que Jade ne se rende à nouveau aux Femmes de Paris. Andréa lui avait bien proposé de l'accompagner un ou deux soirs, mais Antoine avait tenu à l'entraîner dans tous les magasins de puériculture de Paris : ils avaient choisi le lit, l'armoire, la peinture, et les tout premiers bodys que le bébé porterait à la maternité. Jade avait prévenu sa stagiaire de sa grossesse directement après avoir averti Romane, et Andréa l'avait chaudement félicitée.

Des semaines et des jours supplémentaires, donc, pendant lesquels Jade avait espéré qu'enfin l'apaisement la gagne. Mais seule la lassitude continuait à s'étendre. Elle n'arrivait presque plus à faire semblant. Elle n'avait plus bu une seule goutte d'alcool depuis cette fameuse mojitos party partagée avec Louise, et elle était surprise de constater que cela ne lui manquait pas. Jade en était désormais à quatre mois et demi de grossesse. Trop tard pour changer d'avis.

N'avait-elle pas commis une erreur irréparable ? Son désir inconscient d'être mère et sa précédente fausse couche ne l'avaient-ils pas conduite à une décision précipitée et irrémédiable ? Impossible désormais de faire marche arrière.

Depuis l'annonce de sa grossesse, son ventre avait gonflé et sa décision avait mûri : elle souhaitait elle aussi aider les autres et elle devait beaucoup cette idée à Andréa. À l'issue de sa première visite à l'association, Andréa lui avait proposé de les rejoindre et Jade avait accepté de prendre un tour de garde.

Lorsqu'elle arriva devant la grande maison de la rue George Sand, elle fut accueillie par Annie et son grand sourire.

— Alors ça y est, cette fois, vous avez eu votre déclic.

À ces mots, Jade ne répondit pas, et se contenta de sourire à son tour. Elle laissa s'écouler plusieurs minutes avant de répliquer.

— Annie, faites-moi plaisir. Pourriez-vous me tutoyer ?

— D'accord. Mais seulement si tu fais de même. J'ai l'âge d'être ta mère !

— Tu m'aurais eue jeune alors. J'ai tout de même 28 ans !

— Et moi 45 ans. Ça n'aurait pas été si choquant, à l'époque. Alors, tu ne m'as pas dit ! Est-ce que ta présence ici aurait quelque chose à voir avec ce petit bout de ventre que je vois pointer ?

C'est ainsi que commença la première garde de Jade. Dans une maison pleine de femmes, dans laquelle elle se sentait totalement en confiance, avec Annie, une oreille attentive et pleine d'empathie pour ces habitantes qui venaient des quatre coins de la capitale.

CHAPITRE 49

Le week-end suivant, Jade avait rendez-vous avec Louise. C'était elle qui était revenue vers Jade, avec un SMS d'assez bon augure laissant entrevoir une trêve. Elles étaient en froid depuis le repas de famille, aucune ne donnant de nouvelles à l'autre. Dire qu'habituellement elles passaient rarement plus de deux jours sans s'écrire ! Elles ne s'étaient pas retrouvées seules toutes les deux depuis le fameux fiasco de la soirée mojitos.

Pas de cocktails pour moi ce soir…

Il valait mieux éviter de jeter de l'huile sur le feu. Et puis, de toute façon, Jade avait promis à Antoine. Pour échapper à toute tentation, elle avait proposé à Louise de la rejoindre chez elle ; Antoine était sorti avec ses amis, elles avaient donc l'appartement pour elles seules. Tout était prêt pour passer une bonne soirée, elles s'étaient mises d'accord pour se faire livrer des pizzas. Jade s'était tout de même rendue dans la pâtisserie préférée de Louise pour lui acheter le gâteau auquel elle était incapable de résister : un Incroyable, rendu célèbre par la boutique lilloise *Aux merveilleux de Fred* qui s'était exportée jusqu'à la capitale. Louise était incapable de refuser un tel dessert, c'était un pur délice.

Cette fois, Louise arriva à l'heure, avec entre les mains un joli bouquet de fleurs.

— Je t'aurais bien ramené une bouteille, mais ça aurait été de mauvais goût, hein Jadou ! Comment ça va, toi ?

— Ça va, comme tu le vois j'ai pris un peu de poids…

— Bon, c'est un peu normal en même temps, dans ton état.

Dans mon état. Encore cette expression toute faite tellement vide de sens. Je ne suis pas dans un état particulier, j'aimerais bien que tout le monde arrête de me traiter comme si j'étais en sucre !

Jade tenta de prendre sur elle. Louise venait d'arriver, ce n'était pas le moment de faire montre d'animosité.

— Vois plutôt le côté positif des choses : tu vas bientôt être en congé maternité, non ? Tu vas avoir plein de temps pour toi. Profites-en pour t'occuper de toi. Tu pourrais te remettre un peu à la peinture, par exemple ! Ça fait des années que tu n'as pas touché à tes pinceaux, tu m'as dit que ça te manquait la dernière fois. Préparer un petit tableau pour la chambre de bébé, ça ne te prendrait pas trop de temps et ça te détendrait un peu, non ? Après la naissance, tu n'auras plus beaucoup de temps pour toi… Vous avez discuté du prénom ? Oh et puis tu vas enfin pouvoir faire baisser ta pile de livres à lire qui menace de s'écrouler. Comme je t'envie ! Je n'arrête pas au boulot en ce moment, je n'ai pas une seule minute à moi.

— Ouais, tu parles… tu oublies bien vite les vergetures, les sautes d'humeur et mon angoisse de l'épisiotomie. Ça et le fait de ressembler à une grosse baleine pendant plusieurs mois. Tu veux qu'on échange ?

— À t'entendre, on dirait vraiment que rien ne te réjouit dans cette grossesse. J'en viens à me demander si tu as réellement envie d'avoir cet enfant.

Respire.

Ne t'énerve pas.

Surtout garde ton calme.

— Tu es sûre que tu veux être maman ?

Ce fut la phrase de trop pour Jade.

— Mais enfin, Louise, tu me connais mieux que ça quand même ! Tu le sais, toi, que j'en rêve depuis toujours, d'avoir des gosses !

— Mais c'est pas du tout la question Jade, ce n'est pas vraiment de ça dont je te parle ! Dis-moi plutôt quel est le problème, car il y en a un ! Tu le dis toi-même : t'en rêves depuis des années, et là c'est justement sur le point d'arriver ! Alors POURQUOI est-ce que tu passes ton temps à te comporter comme si tu n'étais pas enceinte ? Et ne me dis pas que c'est faux, j'en ai parlé avec Antoine.

Ah. Ils en avaient donc parlé ensemble. Cette soirée était-elle un coup monté par Antoine ? Avait-il appelé sa cousine à la rescousse, pour essayer de comprendre pourquoi Jade se comportait aussi bizarrement ?

Trop tard pour garder son calme. Tant pis pour la soirée pizzas. Il n'y avait désormais plus qu'un seul dénouement possible à ce repas, et cela incluait des cris, et probablement aussi des larmes. Restait à savoir qui mettrait l'autre KO.

— C'est lui qui t'a demandé de venir ce soir ? Alors c'est ça, il te fait croire que je pète un câble et toi tu accours pour lui faire un rapport !

— Jade, je ne te reconnais plus. Tu es en train de tout foutre en l'air, tu le sais ça ? Y a pas que toi, dans cette histoire ! Tu vas briser le cœur et la vie de mon cousin si tu continues à te comporter comme tu le fais. On dirait… on dirait que tu ne l'aimes plus ! Il aurait peut-être mieux valu y réfléchir avant de faire un gosse avec lui ! Si c'est ça, il va falloir que tu le quittes. Je ne pourrai pas continuer à le regarder dans les yeux en sachant que je lui mens éhontément.

— Tu vois, Louise, c'est exactement pour cette raison que je n'ai jamais voulu aborder le sujet de ma vie de couple avec toi. Parce que je savais que cette critique-là sortirait un jour. Parce que j'étais certaine que tu me jouerais le couplet de la bonne cousine au service d'Antoine.

— Eh bien, si tu voulais que je sois de ton côté, tu n'avais qu'à réfléchir avant de te taper mon cousin !

Jade vit bien que la phrase était sortie toute seule de la bouche de Louise, qui regrettait déjà ses paroles. Mais ce qui était dit ne pouvait pas être effacé.

— Je crois qu'il vaut mieux qu'on en reste là pour ce soir.

— Je n'ai pas fini. J'ai encore autre chose à te dire.

Louise laissa un silence pesant s'installer, avant de reprendre :

— Je ne sais pas ce que tu caches, mais il va falloir régler ça très vite, Jade. J'ignore dans quelle mesure tu as réussi à impliquer mon frère, mais je ne tolérerai pas que tu foutes la merde dans toute ma famille.

Comment a-t-elle deviné que Paul… ?

— Tu crois que je ne te connais pas ? Tu te trompes, je te connais, et je connais mon frère. J'ai vu le regard que vous avez échangé lors du repas, la dernière fois. Je ne te demande pas de comptes, si tu voulais me parler de quelque chose, tu l'aurais déjà fait. Je crois qu'on a déjà dépassé le stade de la confiance brisée. Mais règle tes histoires, arrête de blesser Antoine, et surtout laisse Paul en dehors de tout ça.

Louise claqua la porte sur ces mots, laissant Jade déverser les larmes qu'elle contenait. Ce soir, les deux Incroyables seraient pour elle.

Un regard… Elle avait été trahie par un regard.

CHAPITRE 50

Qu'est-ce que tu as raconté à Louise ?

La réponse ne se fit pas attendre. Jade eut l'impression que Paul avait sauté sur son téléphone pour lui écrire avant qu'elle n'ait le temps de changer d'avis.

Jade ! Je suis tellement heureux que tu m'écrives enfin. Je n'y croyais plus, cela fait des jours que j'essaie de te contacter. Pourquoi n'as-tu pas répondu à mes messages ? Pour répondre à ta question, je n'ai rien dit à ma sœur, je te le jure !

Elle ne doit rien savoir de ce qui s'est passé, c'est compris ? Tout ça n'est… rien d'autre qu'une erreur.

Je te promets que je n'ai rien dit.
Jade, je ne veux que ton bien, tu le sais. Je ne te demande qu'une chose. Je suis désolé d'être maladroit mais… il faut juste que tu me dises… Le bébé est-il celui d'Antoine ?

Elle esquissa plusieurs réponses avant de les effacer une à une. Elle hésita, longtemps, avant de savoir comment agir.

Elle ignorait même si elle pouvait simplement répondre à cette question. Sans plus tergiverser, et sans se donner le temps de changer d'avis, elle tapa trois petites lettres avant de gommer toute la conversation. Trois lettres de rien du tout qui portaient tout le poids de la vérité à elles seules. Elle éteignit ensuite son téléphone et tenta de s'endormir. Demain serait un autre jour.

CHAPITRE 51

Dimanche 11 juin

HIER SOIR, Louise est venue dîner à l'appartement. C'était censé être une bonne soirée. Ça s'est fini en fiasco. ENCORE. J'ai l'impression d'y être abonnée, ces derniers temps.

J'ai toujours cru que je ne lui cacherais rien, que je pourrais toujours tout lui dire. Qu'elle soutiendrait chacune de mes décisions. Qu'elle serait la seule sur qui je pourrais toujours compter, en toutes circonstances, *no matter what*.

Alors pourquoi est-ce que je la trahis elle aussi ? Pourquoi est-ce que je me mure ainsi dans le silence ? Et pourquoi ai-je pris cette décision ?

De toute évidence, je me suis encore trompée sur ce point.

Elle est partie en claquant la porte. Mais tout est ma faute. J'aurais dû tout lui dire, il y a de ça plusieurs semaines. Elle m'a clairement fait comprendre que si je blessais un membre de sa famille, je pouvais faire une croix sur elle. Et pas que sur elle. Sur Antoine, aussi. Et… sur Paul, bien sûr.

Si elle apprend la vérité un jour, malgré ce qu'elle en dit, je pense qu'elle comprendra.

Mais je ne peux pas le lui dire. Antoine est son cousin. Et je ne veux pas qu'il le sache.

Elle m'a parlé de Paul. Elle dit qu'elle aurait surpris un regard entre son frère et moi. Je lui ai écrit, et il m'a juré qu'il ne lui avait rien raconté. Je le crois.

Parmi toutes les questions qui me hantent, il y en a une qui se fait de plus en plus insistante : POURQUOI AI-JE GARDÉ CET ENFANT ?!

Pourrai-je l'aimer un jour ? Et comment pourrai-je survivre à une existence entière de mensonges ? Comment vais-je pouvoir regarder Antoine droit dans les yeux, et continuer à lui mentir, jour après jour ?

Ce genre de secret est impossible à garder avec la science actuelle. Il suffirait que le bébé soit hospitalisé un jour, et que le groupe sanguin ne corresponde pas pour qu'Antoine comprenne. À ce moment-là, il sera trop tard.

…

Il est déjà trop tard.

CHAPITRE 52

— IL EST 6 HEURES DU MATIN, ma chérie. Tu vas pouvoir rentrer et retrouver le papa de ton petit bout !

C'était déjà la cinquième garde de Jade en moins d'un mois. Il était en effet plus que l'heure de rentrer, pourtant ce matin, Annie avait précisément mis le doigt sur le nœud du problème. Sans même réfléchir, Jade lui répondit instinctivement.

— Antoine n'est pas le père de cet enfant.

— Quoi ?

— Antoine n'est pas le père de cet enfant. Le bébé n'est pas de lui.

Cette fois, les mots étaient dits. Impossible de faire machine arrière. Le secret de Jade était désormais détenu par un gardien supplémentaire, ce qui faisait trois au total.

Deux personnes en plus de moi. Deux fois plus de chances de voir mon secret s'ébruiter un jour.

— Jade, si tu aimes autant Antoine que tu le prétends, et je ne doute pas une seconde que ce soit le cas… tu dois le lui dire.

— Non, Annie, tu ne comprends pas.

— Je crois que si… Tu veux le protéger, tu penses que tu le préserves, qu'il ne l'apprendra jamais. Mais Antoine mérite la vérité. Il doit pouvoir faire le choix de rester ou de partir en toute connaissance de cause !

— Non ! Il ne doit surtout rien savoir !

Annie garda le silence. Elle savait d'expérience qu'elle ne pourrait pas convaincre Jade, c'était à elle seule de comprendre la nécessité de dire la vérité à son compagnon.

— Cet enfant n'est pas encore là que ma vie est déjà gâchée. Toute ma vie. Tu ne sais pas ce que ça me coûte. Tout ce qui s'est passé… Et ce mensonge. Je n'ai jamais voulu dissimuler la vérité aux gens que j'aime. La vérité, c'est la valeur qui a le plus d'importance à mes yeux. C'est la qualité que je me suis juré de transmettre à mes enfants plus tard. Et voilà que j'en attends un, d'enfant, et qu'il est à lui tout seul un énorme mensonge ! Le plus gros, le plus énorme que je n'ai jamais eu à porter. Enfin… Ce n'est même pas un mensonge, quand tu regardes bien. Antoine ne m'a jamais demandé si l'enfant était de lui, et je n'ai jamais eu besoin de lui dire que non.

— Mais s'il te le demandait, tu le lui dirais ?

— Je ne sais pas.

— Le truc, c'est qu'il ne devrait même pas avoir à le demander, Jade.

— Ça, je le sais. Mais ne doit-on pas préserver les gens que l'on aime de la vérité quand celle-ci leur ferait trop de mal ? Ne leur doit-on pas ? Que se passe-t-il quand la vérité est tellement laide, tellement répugnante, qu'elle ne mérite pas d'exister ?

— La vérité est loin d'être facile ; ça, je te l'accorde. Mais la voie de la simplicité n'est pas toujours la meilleure, tu sais.

— Annie… ça va le détruire. Et ça me détruira moi aussi. Je ne vois pas comment notre couple pourrait survivre à une telle épreuve.

— Tu l'aimes.

— Évidemment, que je l'aime ! Comment peux-tu en douter ?

— Tu viens de m'annoncer que tu portais l'enfant d'un autre.

— Mais c'est Antoine, que j'aime ! Ça n'avait aucune importance ! Tu ne comprends pas ?

— Tout ce que je comprends, c'est que tu l'aimes. Et par respect pour lui, pour toi, pour l'amour que vous vous portez, tu lui dois la vérité.

Jade prit le temps d'y réfléchir. De souffler quelques instants, de laisser les larmes couler, ces larmes qui s'accumulaient depuis des mois et qui ne demandaient qu'à se frayer un petit chemin jusqu'à ses joues. Au bout de quelques longues minutes de silence, elle reprit enfin la parole.

— Tu sais, Annie, je pense que les personnes les plus importantes de notre vie sont celles qui font de nous quelqu'un de meilleur. Et quand je suis avec toi, j'ai envie de faire ressortir ce qu'il y a de meilleur en moi. Tu me fais comprendre où sont mes failles et, grâce à toi, j'ai envie de m'améliorer. Pas seulement pour mériter ton amitié, pas seulement parce que tu es une belle personne, pas seulement parce que je crève d'envie de te ressembler un jour ! Mais aussi pour moi, pour ma propre conscience. Je suis quand même la personne que je vais devoir supporter tout le reste de ma vie, alors autant être un peu fière de moi !

— Oh, Jade ! fut tout ce qu'Annie fut capable de répondre, avant de la serrer dans ses bras.

Mais Jade se sentait incapable de mériter son amitié. *Parce qu'Antoine ne saura jamais la vérité. Parce que je continuerai à lui mentir. Tout comme je te mens à toi, Annie.*

CHAPITRE 53

Mercredi 14 juin

RIEN NE SERA PLUS JAMAIS comme avant.

Je voulais à tout prix préserver Antoine. Comment aurais-je pu imaginer toutes ces conséquences ? Ces traces aussi visibles ?

Est-ce que c'est possible, de ne pas aimer son bébé ?

Comment font ces femmes ? Comment vais-je réussir à aimer cet enfant ?

Est-ce que l'amour est inné ? Est-ce qu'en voyant la tête de ce truc qui pousse dans mon ventre, je vais être malgré tout foudroyée par un amour irradiant ? Et si ça n'arrivait pas ? Et si ça n'arrivait jamais ?

Je ne crois pas en être capable.

Quelqu'un d'autre pourrait-il l'aimer à ma place ?

Est-ce que je peux vraiment porter la responsabilité de mettre cet enfant au monde ?

J'ai toujours cette phrase d'une chanson dans la tête : « Mais comment font ces autres à qui tout réussit ? » C'est une question qui m'obsède.

Antoine.

Je dois penser à Antoine. C'est lui, qui compte. Lui qui importe. Il ne mérite pas ce que je lui fais subir. Tout serait plus simple s'il ne m'aimait pas. Si seulement il ne m'aimait pas... Si seulement je ne l'aimais pas.

Et s'il finissait par l'apprendre ? Et si Paul finissait par tout lui dire ? Je ne peux pas prendre ce risque. Mais comment m'assurer que Paul ne dira rien ?

— Mon cœur, je suis rentré !

Jade n'avait pas entendu la clé tourner dans la serrure, elle se pressa donc de ranger son précieux cahier dans la bibliothèque, à l'endroit habituel.

— Je ne t'attendais pas si tôt.

— Je sais, j'ai voulu te faire une petite surprise. Regarde, je suis passé chez le traiteur italien et je nous ai rapporté des cannellonis pour ce soir. On va se régaler !

— On fête quelque chose ?

— Eh bien... j'ai pensé qu'il était temps qu'on discute, tous les deux.

Le cœur de Jade manqua un battement.

Est-ce qu'il sait ? Est-ce qu'il a lu le carnet ? Est-ce que Paul lui a dit ? Ou... ou peut-être Louise ?!

— De quoi est-ce que tu parles exactement ?

— Du prénom ! On ne s'est toujours pas mis d'accord ! Tu y as réfléchi de ton côté ? J'ai plein de nouvelles idées ! Et regarde ce que je suis allé acheter ce midi !

Triomphant, Antoine brandit un livre de poche sous le nez de sa compagne.

— Le guide des prénoms ? Tu es sérieux ? Tu n'as rien trouvé de plus ringard ?

— Mais non, c'est pas ringard ! On va pouvoir rigoler et passer une bonne soirée.

Génial. Quelle belle soirée en perspective, en effet.

Jade se composa un sourire de circonstance. Au moins, ni Louise, ni Paul n'avaient parlé.

CHAPITRE 54

Jeudi 22 juin

MON CORPS CHANGE CHAQUE JOUR UN PEU PLUS. On ne peut pas dire que la colocation se passe au mieux.

Au départ, je n'ai fait que vomir. Comme si j'étais porteuse d'un virus que mon corps rejetait.

Pourquoi a-t-il fallu qu'il s'accroche alors que mon premier bébé n'a pas tenu ?

Hier, Antoine a voulu que l'on discute du prénom. Tout cela devient de plus en plus concret. Et grotesque. Dans ma tête, ce n'est encore qu'une chose abstraite, mais lorsque l'on a commencé à parler de prénoms, mon cœur s'est emballé et j'ai brusquement pris conscience que tout cela était bien réel. Il va bien y avoir un enfant à élever, au bout du compte.

Antoine a vraiment des goûts simples. Traditionnels. Il a de qui tenir, c'est vrai. Après tout, il pourra choisir ce qu'il préfère, ça m'est tellement égal. J'ai proposé deux ou trois prénoms, histoire de participer, mais il les a tous rejetés. Je savais qu'il le ferait, j'ai fait exprès de choisir des prénoms de mes ex, ou des siennes. Je ne veux pas choisir quoi que ce soit. C'est plus simple si ça vient de lui. Comme ça, ce bébé aura vraiment quelque chose d'Antoine. Pas seulement un nom de famille.

J'ai de plus en plus l'impression de n'être qu'un corps qui permet à cet étranger de se développer. J'ai du mal à me dire qu'il restera, après ces neuf mois. Qu'on ne va pas s'en débarrasser, qu'au contraire, il devra partager notre existence.

J'aurais tellement aimé que tout cela se passe différemment. J'ai toujours vécu mon histoire d'amour avec Antoine comme un rêve. Il y a peut-être un moment où il faut vivre le revers de la médaille ? Est-ce qu'il y a forcément un retour de bâton ? Est-ce qu'on est maudits d'être trop heureux ? Faut-il nécessairement que ce trop-plein de bonheur nous tourne le dos ? C'est quoi le but de tout ça, si c'est le cas ? Je ne crois pas à cette philosophie de comptoir à la con, qui présuppose que les épreuves sont là pour nous endurcir, blablabla. Ça, c'est le discours des gens qui n'ont rien d'autre à quoi se raccrocher. Quand il t'arrive une merde, il faut bien essayer d'en tirer du positif. Alors tout le monde se dit que ça rend plus fort, sauf qu'en vrai ça peut tout aussi bien te détruire, et la morale sera bien différente. On fait quoi, si ça tourne mal, hein ? Comment on enjolive le truc ? Ça, c'est une question bien plus intéressante !

Je pars trop loin...

BON.

Je viens de me relire et je suis en train de devenir exactement tout ce que je déteste. Je me pose en victime qui ne voit le monde qu'à travers son nombril. Ça ne peut pas continuer. Il me faut plus, il me faut autre chose, il me faut des projets.

Si je fais le bilan de ce qui m'aide à tenir debout ces derniers temps, je peux citer Annie et l'association. Mon boulot, aussi. J'aime toujours autant m'y rendre le matin et retrouver les enfants. Et puis, Andréa, qui m'a proposé de prendre la parole dans sa prochaine vidéo, qu'on tournera dans trois jours. Elle veut que je présente notre métier à ses followers, pour leur donner envie de s'ouvrir au monde, de faire des études, et de ne pas tout miser sur la gloire éphémère que procure YouTube. Cette jeune femme est vraiment formidable, c'est un vrai rayon de soleil dans mon quotidien. J'aime la patience dont elle fait preuve avec les enfants et la douceur qu'elle leur témoigne. Tout le monde l'apprécie à l'école. Je suis vraiment contente qu'elle ait atterri dans ma classe, c'est une perle. Elle fera une super instit ! Je suis très heureuse qu'elle demeure dans ma classe pendant mon congé maternité, je ne pouvais pas rêver mieux.

Tout ce qu'il y a de positif dans ma vie ces derniers temps se résume donc à un seul mot : nouveauté. Ce sont mes nouvelles rencontres, mes nouvelles actions, mes nouveaux sujets. Tout cela donne du sens à mon quotidien. Il est peut-être temps d'en prendre note et d'agir. Quelles sont les choses que je pourrais renouveler dans ma vie ?

Il y a bien quelque chose de très superficiel mais non moins nécessaire... Quelques habits de femme enceinte. Vu que je suis en train de muter d'humaine à baleine, c'est peut-être le moment de faire chauffer la carte bleue. Et je suis sûre que ça fera plaisir à Antoine. Antoine, qui ne mérite toujours pas ce qui se passe, et qui ne fait que subir ce que je lui inflige.

Antoine... tu mérites tellement mieux que ce que je t'offre en ce moment. Ce n'est pas la vie dont je rêvais. Ce n'est pas ce que j'espérais pour toi, et pour nous.

Je te promets de me rattraper, mon amour.

Je te promets que je t'aime. Je ne veux pas te permettre d'en douter un seul jour. Une seule minute, une seule seconde.

Car si j'ai bien une certitude dans ma vie, c'est que tu es l'homme qui fait battre mon cœur et que jamais je ne voudrais que cela s'arrête.

Comment ai-je pu en arriver là ?

Pourquoi a-t-il fallu que je détruise tout ?

Pourquoi faut-il que je fasse souffrir les gens que j'aime ?

Et je n'ai même pas pris de nouvelles de Papa et Maman ! Je suis en dessous de tout !

CHAPITRE 55

Dimanche 28 octobre

JE DEVIENS FOLLE.

Je pense à des trucs cons, des trucs absurdes, des trucs horribles.

Je pense à toi, surtout.

AOÛT

CHAPITRE 56

Les objectifs de ce samedi étaient clairs : d'une part, écrire un mail à Romane, la directrice de l'école, qui lui avait demandé de la tenir informée de son rendez-vous médical du matin, et d'autre part acheter de nouveaux vêtements à sa taille pour cacher sa peau qui commençait à dépasser de partout. On pouvait rajouter à cela de préparer un petit plat pour Antoine – on était certes samedi, mais il travaillait comme il lui arrivait parfois le week-end lorsqu'il défendait des cas importants – et un semblant de normalité pourrait s'inviter dans la journée de Jade. Elle n'avait plus qu'à se tenir à son programme !

Ce jour-là, subitement, elle se sentait pleine d'énergie, comme sortie de ces longs mois de torpeur, et enfin décidée à prendre les choses en main. Elle en était déjà à six mois et demi de grossesse. Elle commença donc par sortir son Macbook de son sac, et ouvrit la boîte mail. La réponse de Romane ne se fit pas attendre : « Super nouvelle, prends soin de toi ! » Il était rare que Jade lui écrive, en quatre années passées à ses côtés dans cet établissement. Elle ne la sollicitait que dans quelques cas d'élèves indisciplinés ou qui rencontraient des difficultés scolaires importantes.

De son côté, Romane lui faisait entièrement confiance. D'après les estimations du Dr Belletin, son congé maternité commencerait officiellement dans un peu moins de deux mois. Mais, en comptant les vacances, elle ne reprendrait pas. Et comme il lui était désormais impossible de dissimuler son petit ventre, il était plus que temps de prévenir les rares personnes qui n'étaient pas encore au courant. Les nombreux jours d'inactivité qui précéderaient l'accouchement commençaient déjà à l'inquiéter… Mais Jade décida d'écarter ces pensées.

Ceci étant fait, elle décida de passer un coup de fil à son père. Le samedi, sa mère travaillait mais ce n'était pas le cas de son père qui consacrait souvent cette journée de repos au bricolage. Au téléphone, Pascal sembla agréablement surpris d'entendre la voix de sa fille.

— Ça fait si longtemps que tu ne m'as pas appelé, ma chérie ! Tout va bien ?

— Coucou, Papa. Oui, ça va et toi ? Je voulais prendre des nouvelles !

— C'est gentil, c'est vrai que ça fait longtemps qu'on ne s'est pas parlé. Et qu'on ne s'est pas vus… ! Il faudrait que tu viennes manger à la maison, avec Antoine, quand vous aurez un dimanche de libre.

— Bonne idée, je verrai avec lui ce soir pour choisir un jour qui l'arrange. Qu'est-ce que tu fais de beau aujourd'hui ?

— Oh, pas grand-chose… pour tout te dire, j'avais prévu de regarder un film ou d'enchaîner les séries et de n'absolument rien faire.

— Mais c'est triste, ça ! Tu ne voudrais pas passer la journée avec moi, plutôt ? J'ai prévu d'aller faire les magasins pour trouver quelques vêtements à ma taille.

— Oh, mais oui pourquoi pas ! On pourra aussi regarder les boutiques pour bébé. En plus, quelque chose me dit que c'est bientôt l'anniversaire de ma fille adorée, il faudrait que je lui trouve un cadeau. Tu pourrais m'aider à faire du repérage !

— Attends, depuis quand tu te mets à faire des cadeaux en avance, toi ?

Ce sujet avait toujours prêté à plaisanterie dans la famille de Jade. Pascal était réputé pour toujours chercher des cadeaux au dernier moment : le 24 décembre pour Noël, la veille pour un anniversaire. Parfois, cela avait donné lieu à des situations plutôt saugrenues, comme une paire de rollers offerte pour les 40 ans d'Agnès qui, inutile de le préciser, n'avait jamais roulé avec.

— Très drôle, chérie ! Allez, je te rejoins dans une heure ?

— C'est parfait, à tout à l'heure, Papa !

Après avoir raccroché, Jade se sentit soulagée. La corvée du shopping serait finalement bien plus réjouissante que prévu !

CHAPITRE 57

Mardi 30 octobre

AUJOURD'HUI, Papa a voulu m'entraîner dans une jardinerie – il sait que j'adore les plantes – pour me faire choisir les graines à planter dans son futur potager. Je l'ai suivi et je l'ai laissé prendre tout ce qu'il voulait. De toute façon, ces graines ne pousseront jamais, on finira par oublier de les arroser.

Est-ce qu'il y a des choses qui sont condamnées à ne jamais naître ?

Je ne comprends toujours pas pourquoi je suis en vie alors que...

J'ai l'impression de faire face à une épreuve que jamais je ne réussirai à surmonter. Et la seule chose qui rend tout ça réel, c'est de répéter à quel point je n'y crois pas. Ça ne soulage en rien ma peine, ça n'apaise pas la douleur de savoir que tu n'es plus là, mais je crois que ça aide à faire entrer le message.

Je n'arrive pas à réaliser que tu ne seras plus jamais là...

Le vide de mon cœur est impossible à combler.

CHAPITRE 58

Après s'être retrouvés, Jade et Pascal choisirent de profiter du beau temps. Nous étions en plein mois d'août, et les Parisiens délaissaient leur ville au profit de leurs destinations de vacances. Les rues étaient donc relativement vides. En août, c'était comme si la ville se mettait sur pause : adieu le bruit, le stress, le monde. C'était la période de l'année que Jade préférait, lorsque les gens, enfin, apprenaient à prendre leur temps et à profiter des merveilles qui les entouraient. Les touristes étaient certes nombreux mais y avait-il seulement une période de l'année où ils ne l'étaient pas ? Pas de repos pour la plus belle ville du monde qui continuait encore et toujours à attirer les foules depuis l'autre bout du globe. Et puis Jade était une fille de l'été. Cette saison avait toujours eu sa préférence. Qui était suffisamment fou pour préférer le froid à la douce et agréable chaleur de l'été ? La saison des vacances, la période de l'année qui rimait avec plage, soleil, voyage. C'était toujours le moment de l'année qu'elle attendait avec le plus d'impatience, ce moment où elle pouvait profiter de Paris et où elle s'autorisait à programmer des déjeuners en terrasse avec ses amis. Elle préférait marcher plutôt que prendre le métro. Et puis, bien sûr, août était aussi le mois de son anniversaire, alors elle lui associait de joyeux souvenirs.

Sans même s'être concertés, ils se dirigèrent tout droit vers le quartier préféré de Jade pour faire du shopping, situé boulevard Haussmann. Les grands magasins y étaient nombreux, et il devait bien s'y trouver des rayons maternité même si elle n'en savait absolument rien. Pas plus que son père, d'ailleurs. Où était-on censé trouver des vêtements de grossesse ? Dans l'imaginaire de Jade, ces magasins spécialisés étaient rares, mais elle comprit que c'était tout simplement elle qui ne les connaissait pas. Si on lui avait demandé de citer une marque de vêtements pour femmes enceintes en dix secondes pour gagner un million d'euros, elle aurait pu dire au revoir à l'argent car rien ne lui venait. *En même temps, quel intérêt de dépenser des fortunes pour des trucs que tu vas porter deux mois à tout casser ? Cependant, l'automne va bientôt arriver et les journées vont se rafraîchir. J'ai eu de la chance jusqu'ici de pouvoir compter sur l'été et ses douces températures. Mais je ne me vois pas me promener le ventre à l'air et je ne vais quand même pas porter un jogging jusqu'à la « délivrance ». Tiens, c'est drôle, comme mot, délivrance. Je crois qu'il n'a jamais si bien porté son nom. C'est exactement ce que je ressentirai, au moment d'expulser ce corps étranger qui a pris possession du mien. Serai-je pour autant délivrée de mes mensonges après tout ça ? Rien n'est moins sûr… J'espère de tout mon cœur que je ne verrai que moi dans tes traits. Je ne crois pas que je pourrai te regarder en face si tel n'était pas le cas.*

Elle était perdue dans ses pensées lorsque son téléphone sonna. Quand elle vit le prénom de Louise s'afficher sur l'écran, Jade marqua un temps d'arrêt. Son amie était en effet très rancunière. Même si elle était en tort, elle était généralement trop fière pour accepter de le reconnaître et s'excuser n'était pas son fort. C'était toujours Jade qui faisait le premier pas lorsqu'il y avait un léger froid entre elles. Jade fut donc très surprise de voir qu'elle l'appelait et elle ne put s'empêcher de ressentir une pointe d'anxiété.

— Jade ? C'est moi. Louise.

Pas de Jadou, pas de Loulou. L'anxiété venait encore d'augmenter d'un cran.

— On peut se voir ce soir s'il te plaît ?

— Oui, bien sûr, mais que se passe-t-il ?

— Disons 19 heures au bar qui fait l'angle de ma rue, tu vois lequel ?

— Oui, oui, je vois très bien. Mais tu es sûre de ne pas vouloir me dire ce qui se passe… ?

— On parlera ce soir.

Elle ignorait la raison pour laquelle Louise l'avait convoquée… mais une grande appréhension s'empara de Jade. Quelque chose n'allait pas, elle le sentait. Se pouvait-il que Paul lui ait parlé ?

CHAPITRE 59

Au lieu de profiter de ce moment entre père et fille, Jade ne put empêcher son esprit de vagabonder. Elle fut distraite toute l'après-midi et se tortura l'esprit en cherchant à comprendre le mystérieux comportement de Louise.

Se pourrait-il que Paul lui ait finalement dit la vérité ? Et qu'à son tour elle ait prévenu Antoine ? Dois-je m'attendre à un procès ? Non, Louise est bien trop volcanique pour ça, elle m'aurait incendiée au téléphone, ça oui, mais prévoir une espèce de plan de vengeance en me mettant au pied du mur, ça ne lui ressemble pas.

Pascal n'avait évidemment pas résisté à la tentation d'offrir quelques vêtements à son futur petit-enfant et Jade avait accepté pour lui faire plaisir. Tout avait été choisi dans des coloris neutres. Les petits bodys, tee-shirts et pantalons se déclinaient en jaune, écru et vert d'eau. Bleu pour les garçons, rose pour les filles, ce temps-là était révolu. Et Jade avait toujours voulu que son enfant échappe à cette classification. C'était d'ailleurs l'une des raisons pour lesquelles ils avaient refusé de connaître le sexe lors de l'échographie.

Rien de ce qu'avait pu dire Pascal n'avait su capter l'attention de sa fille. Elle était ailleurs, il le sentait, alors il l'embrassa sur le quai du métro en lui faisant promettre de lui écrire après son entrevue avec Louise.

Puis le soir était arrivé.

CHAPITRE 60

Depuis toute petite, Louise avait un plan très précis de ce qu'elle prévoyait pour son avenir. À 18 ans, un bac qu'elle décrocherait avec mention très bien, des études à la fac au cours desquelles elle rencontrerait l'âme sœur (après deux ou trois flirts, histoire de connaître un peu les bases d'une vie amoureuse et d'être prête pour sa grande histoire d'amour), un premier job trouvé sans aucune difficulté, dans lequel elle excellerait et qui lui permettrait de gravir rapidement les échelons. Mariée à 26 ans, un premier enfant à 28, un second à 32, et fin de la fabrique à bébés. Peut-être serait-elle surprise par des jumeaux, c'était possible au vu des gènes familiaux, mais c'était la seule concession qu'elle voulait bien faire au destin. Des vacances chaque été, une destination différente tous les ans pour varier les plaisirs et découvrir les merveilles du monde. Tout était prêt, rien n'avait été laissé au hasard. Jade l'avait bien souvent mise face à ses contradictions, l'avait beaucoup questionnée sur l'origine de ses envies. Louise avait la chance d'être libre comme l'air, pourquoi vouloir à tout prix se conformer à un schéma aussi traditionnel ? Mais Louise était ainsi, elle aimait contrôler ce qui l'entourait, planifier chaque événement dans les moindres détails. Cela la rassurait beaucoup d'avoir une vision aussi précise de son avenir.

Seulement, la machine avait déraillé dès la première étape. Elle avait bien obtenu son bac et avec mention. Mais elle avait raté le « très bien » à quelques points près, à cause d'une fichue note en philo, et avait dû se contenter de la mention « bien », ce dont elle ne s'était jamais remise, elle, l'intello, la première de la classe, l'abonnée aux bonnes notes. Une blessure pour son ego ! À partir de là, absolument rien ne s'était déroulé comme prévu. Elle s'était réorientée deux fois avant de finir par trouver sa voie, elle courait toujours après l'âme sœur (ne parlons même pas du mariage, des enfants et des vacances en famille), quant au job… Elle avait essuyé plus de six mois de chômage avant de se faire embaucher au SMIC comme pigiste dans un journal local qui l'exploitait. Et encore, cet emploi, elle le devait à Jade, qui l'avait mise en relation avec un parent d'élève qui bossait dans une rédaction. Vive le piston. Adieu conte de fées, bonjour réalité.

Malgré cela, Louise avait toujours suivi son plan de vie, même de loin. Elle mettait tout en œuvre pour tenter de le respecter, même si certains délais étaient déjà écoulés. Tinder pour les rencontres amoureuses, LinkedIn pour celles professionnelles. L'espoir ne la quittait jamais.

Pourtant, ce samedi après-midi, lorsqu'elle était allée passer les examens de contrôle que sa gynécologue, le Dr Belletin, la même que celle de Jade, lui avait prescrit par précaution après avoir observé une petite grosseur anormale sur son sein droit, elle était loin de s'imaginer que tout pouvait s'effondrer.

C'était bien le mot de six lettres tant redouté qui était sorti de la bouche du médecin.

Six lettres terrifiantes qui suffisaient à elles seules à balayer toutes les certitudes sur lesquelles Louise avait bâti sa vie.

Six lettres qu'elle s'était toujours pensée trop jeune pour entendre. Et pourtant… Ces six lettres s'étaient invitées à son rendez-vous.

Cancer.

CHAPITRE 61

Louise n'avait jamais su être seule. La solitude l'effrayait, elle avait constamment besoin de parler, de combler le vide. C'était la raison pour laquelle son emploi du temps était digne d'une ministre. Elle était toujours entourée de nombreux amis qui ne se côtoyaient pas tous, tant ils étaient différents, hétéroclites, tant ils faisaient émerger des aspects diamétralement opposés de sa personnalité. Elle n'avait pas toujours l'impression d'être la même personne, selon les amis avec lesquels elle sortait. Elle en connaissait certains depuis le lycée, d'autres depuis les premières années de fac, d'autres encore du boulot. Il y avait aussi ceux qu'elle avait rencontrés dans son école de journalisme. Et puis elle multipliait les rencontres amoureuses, disparaissait quelque temps, et quand son flirt du moment ne lui convenait plus, elle finissait par rappeler ses potes. Et ainsi de suite. Son cœur était grand, il avait largement assez de place pour accueillir tout le monde. Louise était comme un soleil autour duquel gravitait tout un ensemble de planètes, très distinctes les unes des autres mais qui réussissaient toutes à former un univers dense.

Au sein de cet univers, Jade était son socle. Malgré leur récente dispute, plus sévère que toutes celles qui avaient précédé dans leur amitié, c'était sur Jade que Louise pouvait compter. Plus que sur Paul, Antoine, ou ses propres parents. Et Jade fut la première personne à qui Louise eut envie de se confier. Elle n'hésita même pas. Son instinct lui dictait que cette fois, ce n'était pas anodin. Que cette fois, il ne fallait pas garder la nouvelle pour elle. Que cette fois, il allait falloir surmonter la rancune et la douleur des mots qu'elles s'étaient chacune jetés au visage. Il n'était plus question ni de fierté ni d'orgueil. Elle avait besoin de son amie, tout simplement.

CHAPITRE 62

Mercredi 31 octobre

C'est Halloween. J'avais presque oublié.

Papa et Maman ont fait le plein de bonbons, pour une fois. J'ai proposé d'ouvrir la porte aux enfants ce soir, les parents semblaient heureux que je propose une activité.

Ils n'ont pas compris : cette fête me plaît parce que plus rien ne peut me faire peur désormais. Le pire est déjà arrivé.

CHAPITRE 63

— JE T'EN PRIE, Jade, assieds-toi.

Ce furent les premiers mots que Louise prononça. Elle n'avait pas pris un air sinistre, elle n'avait pas pleuré, elle n'avait même pas effacé son sourire, elle ne comptait pas la lui jouer mélodrame. Pas à sa meilleure amie. L'exagération, très peu pour elles. Il fallait poser les mots, tout de suite, s'en débarrasser, et vite, elles seraient deux à porter le poids de ce qu'ils impliquaient.

— Loulou, qu'est-ce qui se passe ? Tu me fais peur ! Dis-moi.

C'est étonnant, parfois, comme on peut avoir la sensation de traverser un moment important, et d'en être conscient. De se dire que c'est un instant de notre vie dont on se souviendra toujours, un de ces instants qui marqueront, que l'on n'oubliera pas, jamais. Ceux pour lesquels il y a un avant et un après. C'est drôle d'avoir pleinement conscience de tout ce qui nous entoure à ce moment précis : la musique qui passe dans le bar, la boisson que l'on a choisie précipitamment sans même regarder la carte, le tee-shirt que l'on a enfilé en hâte le matin même, le parfum que l'on porte, toujours le même depuis des années.

Les souvenirs sont parfois attachés aux odeurs, aux sensations, aux impressions.

Jade n'avait pas besoin de savoir ce que Louise allait lui annoncer pour reconnaître l'un de ces moments.

— Jade, j'ai un cancer. Un cancer du sein.

Un silence pesant s'installa entre elles. Un silence d'autant plus lourd qu'il était habituellement inexistant entre elles.

— Mais qu'est-ce que tu racontes, Loulou ! On n'a pas de cancer à 28 ans !

— Je te jure, Jade. J'ai fait des examens, j'ai eu les résultats ce matin.

— Ne dis pas n'importe quoi. C'est impossible !

Choc et déni. Première étape.

— Jade, je t'en prie, ne me rends pas la tâche plus difficile.

— Mais... le cancer du sein, c'est celui qui se soigne le mieux, non ? On s'en sort bien. Surtout à notre âge...

— Oui, c'est vrai, je suis jeune, mais ça ne veut pas dire que c'est moins grave.

— Oh putain, Loulou, et moi qui suis là à me comporter comme une gamine. Je n'étais même pas avec toi quand on t'a annoncé ça. J'aurais dû être là !

Douleur et culpabilité.

— Tu ne pouvais pas savoir, personne ne pouvait.

— Tu n'as pas prévenu tes parents ?

— Non, je ne leur ai rien dit.

— Et Paul ? Et Antoine ?

— Tu es la première à qui j'en parle, Jadou. Je veux les prévenir tous en même temps, histoire de me débarrasser de cette nouvelle en une seule fois. Je voulais que ce soit toi, d'abord. Qui d'autre, de toute façon ? Je n'ai pas de mec, et puis je n'en aurai peut-être même jamais plus.

— Mais arrête, ne dis pas ça ! Ne parle pas comme si tout était perdu d'avance ! Tu vas te battre ! Tu vas le vaincre, ce cancer !

Les mots de Jade résonnèrent dans l'esprit de Louise. Et si elle n'y parvenait pas ?

— Putain, Jade, je ne le connaîtrai peut-être jamais. Tu te rends compte ? Celui que j'attends, ce connard de prince charmant, celui que je mérite. Peut-être qu'on se souviendra de moi comme celle qui a attendu toute sa vie. Comme celle qui n'a jamais connu l'amour. Celle qui n'a jamais présenté personne à ses parents, qui ne se sera jamais mariée, qui n'aura jamais eu d'enfants. Bordel, c'était pas ça ce que j'imaginais pour ma vie ! C'est injuste, 28 ans, c'est pas un âge pour être malade, pour voir sa vie en suspension, en point d'interrogation ! Moi, je veux le carrosse de princesse Disney avec les colombes et les pétales de rose ! Je veux des Saint-Valentin à Venise et une nuit de noces à l'île Maurice ! Je veux des Saint-Sylvestre à New York et des Noëls au Canada ! Je veux voir mon ventre grossir, ma peau se tendre, avec les vergetures et les kilos en trop ! Je suis prête à prendre le package entier ! Je veux être débordée par les machines et fatiguée par les nuits sans sommeil à surveiller la respiration des enfants ! Je veux des dimanches matin avec des petits déjeuners au lit. Des journées passées à faire l'amour sous la couette sans interruption. Des marathons Netflix ! Putain, je ne verrai peut-être même jamais la dernière saison de *Game of Thrones*, t'y crois à ça ?

— Non, mais t'es sérieuse ? Tu penses vraiment à *Game of Thrones*, là ?

— Mais le cul de Kit Harrington, t'y penses un peu au cul de Kit Harrington ? Bordel, qui va gagner ce putain de trône de fer ? Si je meurs, je te jure, t'auras intérêt à venir souffler à ma tombe le nom du vainqueur.

— Si tu meurs, Loulou, je te tue.

CHAPITRE 64

— Il n'y a vraiment que toi pour me faire rire le jour où tu m'annonces la pire nouvelle de toute ma vie.

— La pire nouvelle de toute TA vie ? Excuse-moi, c'est pas plutôt la pire nouvelle de toute MA vie ? C'est moi qui ai ce putain de cancer, me vole pas la vedette ! Non mais sérieux, t'as toujours été une princesse, à tout rapporter à toi là, et aujourd'hui encore ça n'y échappe pas. Fidèle à elle-même, la Jadou !

— Non mais enfin Loulou, arrête de rire, c'est grave à la fin !

— Oui c'est grave, mais c'est peut-être le moment d'en rire, justement, non ? J'étais abattue il y a encore quelques heures de ça, pourtant... j'ai décidé qu'on n'avait pas le droit de se mettre à chialer tout de suite, je suis pas encore morte !

— Je t'ai déjà dit de ne pas parler comme ça. Dis-moi plutôt ce que t'a dit le médecin, il y a genre des stades ou un truc comme ça ?

— Oui, c'est ça. On a diagnostiqué la tumeur à temps, *a priori*. Mais le cancer est invasif, c'est donc plus dangereux que s'il ne l'était pas. Ça veut dire qu'il peut se répandre plus facilement. Je vais devoir passer par la case opération. On va tenter de juste retirer la tumeur, mais si elle s'avère plus grosse que prévue, alors je vais devoir dire adieu à mon sein. Et après ça, j'aurai droit à la chimiothérapie, et peut-être même à la radiothérapie... Alors je compte sur toi pour m'aider à trouver un beau petit foulard pour me la jouer Grace Kelly dans le métro, le cabriolet et le vent en moins.

— Mais alors toi, si t'existais pas, faudrait t'inventer ! T'es vraiment unique en ton genre.

— Ouais, je sais, ça, on me le dit souvent ! Bon, allez, tu vas me faire le plaisir d'entourer le 11 septembre en rouge dans ton agenda. Une opération des nénés le jour où les tours jumelles se sont effondrées, ça ne s'invente pas non plus. Tu crois que ça va me porter la poisse ?

— N'importe quoi. Au contraire, tu vas leur rendre hommage. Elles n'ont pas su tenir debout, mais ton sein va leur montrer comment faire !

— Un peu tard pour ça, elles ne seront plus là pour le voir... Allez, champagne ! Un cancer, ça se fête ! Bon, et pour toi ça sera du Champomy, j'ai pas oublié qu'on avait un bébé à préserver. D'ailleurs, je suis sa marraine, faut que je tienne le coup, sinon qui va le gaver de bonbons quand t'auras le dos tourné ?

— Et dis-moi, tu crois vraiment que tu vas devoir lui dire au revoir ?

— À qui ?

— À ton sein malade, bécasse ! C'est lequel, d'ailleurs ?

— Le petit. Ça m'arrange bien ! J'ai toujours eu une taille de différence entre mes deux seins et, cette fois, on me rabote le plus petit. Je tiens ma chance d'avoir mon parfait bonnet C.

J'ai tout de même une chance inouïe.

Qui d'autre que ma Louise pour célébrer le début d'une chimiothérapie au champagne ?

Qui d'autre que ma Louise pour fêter la détection de sa tumeur, au lieu de s'abattre sur son sort ?

Qui d'autre pour rire de ce cancer diagnostiqué à temps ?

Qui d'autre pour ne pas s'effondrer devant ce coup du sort tristement ironique ?

Qui d'autre pour se réjouir de cette chance de pouvoir se faire refaire les seins aux frais de la princesse ?

On n'est pas sérieux quand on a 28 ans. Encore moins lorsqu'on est atteint d'un cancer du sein.

CHAPITRE 65

On peut dire que la nouvelle avait été bien fêtée. Jade avait su lire entre les lignes et avait compris à quel point sa meilleure amie préférait inconsciemment se voiler la face. Louise n'avait peut-être pas voulu avouer son mal-être et son abattement, mais les coupes de champagne qui avaient défilé s'en étaient chargées à sa place. La joie d'être en vie, le désir d'en profiter, et la peur que tout s'arrête subitement l'avaient fait sombrer dans l'ivresse avec rapidité. Elle était passablement éméchée et ne tenait plus vraiment debout, aussi Jade avait-elle dû lui commander un taxi. Elle lui avait même proposé de la raccompagner et de rester dormir chez elle, mais Louise avait décliné la proposition à coups de : « Rabiboche-toi avec mon cousin, toi, plutôt. Et va t'occuper de mon filleul, un peu ! »

Elles s'étaient séparées sur la promesse de Jade de taire la maladie de Louise à Antoine, jusqu'à ce que ses parents soient au courant.

Jade choisit de rentrer à pied ; elle avait besoin de prendre son temps, de réfléchir plus posément, plus longuement. Elle n'était pas dupe. Elle connaissait trop bien

Louise pour ça. Et la voix du champagne avait parlé. Cette ivresse avait été un signal bien plus clair que l'attitude de façade que Louise avait arboré tout au long de la soirée. À 28 ans, on ne peut pas accepter la nouvelle d'un cancer sans ciller. C'est tout un monde qui s'effondre. C'est une énorme claque que l'on se prend. Une définition du mot « fin », une approche du mot « mort », qui ne devient plus une lointaine destination mais une immédiate réalité à laquelle on doit se confronter.

En rentrant, instinctivement, Jade rechercha le contact de son carnet noir qu'elle n'avait pas ouvert depuis plusieurs semaines. Elle en ressentait moins le besoin, ces derniers temps. Elle avait l'association, elle avait ses élèves (même s'ils étaient actuellement tous en vacances), elle avait Antoine, elle avait ses parents.

Il était encore tôt, à peine 22 heures, et Antoine n'était pas encore rentré. Il en avait profité pour passer la soirée avec ses amis, lui aussi.

Mercredi 9 août

Aujourd'hui, Louise m'a présenté quelqu'un. Celui-là, j'aurais préféré ne jamais le rencontrer. J'espère de tout mon cœur qu'elle s'en débarrassera le plus vite possible. Pour une fois, je ne souhaite pas que cette histoire dure, car Louise risquerait bien de ne pas en sortir indemne.

Ce nouveau copain s'appelle cancer, et il va peut-être lui voler son sein. Le droit, on se rassure, le petit. Elle va peut-être gagner une petite chirurgie plastique qui lui fournira un bonnet C parfait, au passage.

Qu'est-ce que c'est, un sein, quand on y réfléchit bien ? Un morceau de chair comme un autre.

Le mien sera le premier biberon du melon qui me pousse dans le bidon.

(Ça rime et c'est loin d'être volontaire !)

Même si je ne suis pas vraiment sûre d'avoir envie de servir de biberon à un melon...

Moi. Moi. Moi. Je suis beaucoup trop centrée sur mes problèmes !

Wow, c'est efficace ce carnet quand même. Autant qu'un bon psy.

Plus j'écris, et plus ça devient flagrant.

Même le cancer de ma meilleure amie, il faut que je le compare avec le bébé que je porte. Putain, si ça se trouve, Louise ne pourra jamais allaiter le sien, à cause de cette merde. Pourra-t-elle seulement en avoir un, un jour ? Est-ce que la chimio ne rend pas tout cela impossible ? Il faut vraiment que je me renseigne sur le sujet. Dans le pire des cas, j'imagine qu'on lui proposera de congeler ses ovocytes ? Je me rends compte que j'ignore tout de ce qui l'attend !

On s'est mises d'accord. Je serai dans la salle d'attente pendant l'opération, puis je l'accompagnerai à sa première séance de chimiothérapie. J'espère pouvoir me rendre disponible pour toutes. Je ne sais pas trop combien de temps ça va durer, tout ça, mais de toute façon ce n'est pas un problème. Je risque d'en avoir un peu, du temps, d'ici novembre. Et tout ce temps, je veux le partager pour les choses qui comptent. Pour les gens qui comptent. Et qui en ont besoin.

Louise.

Annie.

Andréa.

Et les Femmes de Paris.

Peut-être qu'en les aidant toutes, je finirai par m'aider moi-même.

(J'ai failli écrire le mot « sauver », mais ce serait bien prétentieux de ma part de croire que je suis capable, par ma seule présence, de soigner le cancer de ma meilleure amie.)

Évidemment, je n'oublie pas Antoine mais...

Je crois qu'aujourd'hui, plus encore que toutes les autres fois, je me déçois terriblement. Louise s'est ouverte à moi, j'ai été la première au courant. Et moi, je ne lui ai rien dit. Je m'en veux.

Mais la priorité, c'est elle. Toute son énergie doit être mobilisée autour de sa guérison, c'est la seule chose qui compte.

J'avoue n'avoir jamais cru en Dieu. Mais ce serait peut-être le moment de m'y mettre. Ça risque d'être un peu hypocrite, comme démarche, mais si ça peut aider...

Prière à Dieu, s'il existe. Sinon... prière tout court. (Est-ce qu'on peut seulement utiliser le mot « prière » si elle ne s'adresse pas à Dieu ? Est-ce que les croyants se posent ce genre de questions ?)

Cher Dieu,

Si tu existes, guéris Louise. Elle n'a rien fait de mal.

Je te dirais bien de me punir moi à sa place, mais je crois bien que le mal est déjà fait.

Je veux bien aussi que tu me donnes suffisamment de force et d'amour pour aimer le melon.

Protège Antoine de la vérité, épargne-lui cette douleur.

Voilà, je compte sur toi. Merci.

CHAPITRE 66

Les semaines suivantes passèrent rapidement. L'anniversaire de Jade était passé à la trappe, laissant la priorité et toute la place à sa meilleure amie. Louise avait réuni sa famille quelques jours après avoir annoncé la nouvelle de son cancer à Jade – elle tenait à le dire d'un seul coup à tout le monde pour s'éviter d'avoir à répéter ce message difficile –, et la Terre avait enfin cessé de tourner autour du ventre de Jade pour épauler Louise et l'aider à traverser cette épreuve. Paul lui avait recommandé de démissionner, mais il en était hors de question pour elle : elle avait besoin d'une bouée à laquelle se raccrocher pour éviter de sombrer et de résumer sa vie au mot cancer.

L'annonce de la maladie de Louise avait offert à Jade, même si elle s'en serait évidemment bien passée, une deuxième échappatoire en plus de son investissement au sein des Femmes de Paris. Elle était en quête d'une porte de secours, elle venait d'en trouver une deuxième qui fut malgré elle salvatrice. Jade eut enfin une excuse à apporter pour justifier sa morosité et Antoine, également préoccupé par Louise, cessa d'essayer de trouver d'autres explications.

Sur le coup, Jade s'en voulut un peu. *Comment le cancer de ma meilleure amie peut-il aider mon couple à aller mieux ?* Puis, elle écarta cette pensée et se focalisa de nouveau sur son objectif premier : être présente pour Louise.

CHAPITRE 67

L'APPROCHE DU MOIS DE SEPTEMBRE apporta à Jade le moment tant attendu par toutes les femmes qui commencent à ne plus voir leurs pieds, n'arrivent plus à dormir sur le ventre ou à se lever du canapé sans l'aide de quelqu'un et sont confrontées à l'incapacité d'enfiler seules une paire de chaussures : la date officielle du congé maternité de Jade était enfin arrivée, les vacances se prolongeaient. Cette année, pour elle, il n'y aurait pas de rentrée des classes. Néanmoins, ç'aurait été mal connaître ses collègues que de penser qu'ils la laisseraient partir sans célébrer l'événement. Ils avaient voulu la surprendre en lui organisant une petite fête, initiée par Andréa. Celle-ci avait insisté pour qu'elles se retrouvent avec les autres professeurs le soir même, mais Jade dut écourter cet apéro improvisé : Annie et les Femmes de Paris l'attendaient pour une nuit qu'elle espérait moins mouvementée que les précédentes. L'association, ces derniers temps, était une véritable boussole pour Jade. Car à sa propre souffrance venait s'ajouter la peur que Louise disparaisse. Et autant Jade était en mesure de gérer la première, autant la seconde lui demandait beaucoup plus de forces. Seule consolation : de cela, elle pouvait ouvertement parler avec Antoine.

CHAPITRE 68

Il était à peine 21 heures lorsqu'une jeune femme fit son apparition sur le seuil de l'association : chancelante, le nez en sang, un mouchoir imbibé peinant à retenir le flux qui s'écoulait. Annie était occupée avec une autre résidente, ce fut donc à Jade d'assurer les premiers soins auxquels elle avait été formée. Elle repensa aux rudiments de psychologie qui lui avaient été inculqués, et tenta d'en faire usage de son mieux.

Elle l'installa dans une pièce isolée avant de commencer à lui poser quelques questions. L'intimité était indispensable pour toutes les nouvelles personnes qui sollicitaient l'aide des Femmes de Paris, c'était un prérequis à ne surtout pas négliger pour établir une relation de confiance dès le départ.

— Comment vous appelez-vous, madame ?

— Vanessa. Je m'appelle Vanessa. J'ai 36 ans.

— Qui vous a fait subir ça ?

— Oh… oh non, ce n'est pas ce que vous croyez. Mon mari n'est pas violent, ce n'est pas ce genre d'homme, vous savez…

— Est-ce la première fois qu'il lève la main sur vous ?

— Oui, oui, je vous le jure. Il ne voulait pas me faire de mal. C'était un accident ! C'est juste que cette fois, j'ai eu trop peur pour rester avec lui, alors je suis partie. Mais il faut que j'y retourne.

— Cette fois ? Vous voulez dire que ce n'est pas la première fois, alors ?

— Non… non ce n'est pas du tout ce que je voulais dire… S'il vous plaît, ne me posez pas de questions. Je ne veux pas quitter mon mari. Il m'aime, je le sais, et je l'aime aussi. Mais il est trop passionnel, quand il est en colère, il s'emballe et il ne sait pas se retenir. C'est ma faute, je n'aurais pas dû laisser brûler son omelette. Je me suis absentée, et… et… et les œufs ont brûlé. Mais il n'est pas méchant.

— J'en suis sûre, madame. Rassurez-vous, vous êtes en sécurité.

— Je vais appeler un médecin.

Annie venait de faire son apparition sur le pas de la porte. Elle avait suivi l'échange entre Jade et la jeune femme.

— Non, Annie. Pas de médecin. Pas de médecin inconnu. Vanessa a besoin d'être en confiance, elle doit être auscultée par une personne qu'elle connaît.

— Tu as raison. Vanessa, nous appellerons votre médecin traitant demain matin. Mais en attendant, je vais faire venir les pompiers, est-ce que ça vous va ?

— Je ne veux pas que mon mari ait d'ennuis.

— Il n'aura pas d'ennuis. C'est la procédure, une simple mesure de sécurité. D'accord ?

— D'accord…

— Nous allons vous laisser vous reposer, maintenant. Le temps que les pompiers arrivent.

Jade et Annie s'éloignèrent en refermant silencieusement la porte derrière elles.

— Merci, Jade. Tu as eu raison d'insister pour que Vanessa soit prise en charge par son médecin traitant, ça l'aidera à être en confiance. Ce n'est pas une chose à laquelle j'avais réfléchi jusqu'à aujourd'hui mais, maintenant, ça me paraît logique. Vu l'état de choc dans lequel elle était, elle aurait pu faire une crise de panique et rejeter notre aide.

— Un médecin doit être une personne de confiance. C'est important.

— Oui, c'est vrai.

Après ces nombreuses péripéties, après avoir autant partagé, après avoir fait face ensemble à tant de détresses, après avoir vu toutes ces femmes meurtries… Jade ressentit le besoin de se confier auprès d'Annie.

— Il y a quelques mois, je suis tombée malade. Mon médecin était en vacances, il ne consultait pas. Alors, j'ai ouvert mon iPhone, et j'ai pris rendez-vous chez le docteur le plus proche de mon école que j'ai trouvé *via* une application que j'utilise souvent.

— Et tu me racontes ça… parce que… tu n'as pas été bien reçue, c'est ça ? Tu as voulu te confier sur ta grossesse et tu n'as pas eu l'oreille attentive dont tu aurais eu besoin à ce moment-là ?

Jade resta quelques instants interdite face à l'intervention d'Annie, qui venait de la couper dans son élan. Elle hésita de longues secondes avant de répondre.

— Ce n'est pas exactement ça. Mais tu as raison sur un point : je n'ai pas été bien reçue.

— J'en suis vraiment désolée pour toi.

Un silence s'installa, assombrissant l'atmosphère qui entourait les deux femmes. Annie décida de le briser :

— Bon, sinon, rien à voir mais, Jade, tu es enceinte de plus de six mois. Il va peut-être falloir ralentir un peu la cadence, à l'association. Grâce à Andréa, on a de nouvelles recrues qui viennent apporter leur aide. J'ai demandé qu'on ne te compte plus pour les prochaines gardes, il faut que tu te reposes. Viens plutôt en journée pour prendre les appels, de temps en temps, quand tu t'ennuies, d'accord ?

— Oh. D'accord, Annie. Mais je continuerai à venir. Je veux garder des nouvelles des filles que j'ai suivies. Je me suis attachée à elles, tu sais.

— Bien sûr que je le sais. Mais il est temps de penser à toi. À toi, à ton couple et à ton bébé.

CHAPITRE 69

À PEINE SORTIE DE CETTE GARDE MOUVEMENTÉE, Jade se remit en route. Elle avait promis d'accompagner Louise dans la longue épreuve qui l'attendait, bien que sa meilleure amie ait tendance à minimiser la chose (« Je ne me laisserai pas définir par une maladie, je reste la même catastrophe ambulante, Jadou ! J'ai juste un putain de cancer en plus, mais j'ai pas besoin d'une baby-sitter à chaque étape non plus. »). Elle comptait bien honorer sa promesse, en commençant par ce premier rendez-vous à l'hôpital avec le chirurgien qui opérerait la tumeur de Louise. Jamais elle ne la laisserait seule chez le médecin, encore moins pour un rendez-vous d'une telle importance.

Pendant que Louise rencontrait le chirurgien, Jade patienta dans la salle d'attente assez inamicale et étrangement hostile. Si elle commençait à comprendre la crise de déni que traversait Louise, elle ne s'attendait pas à la voir sortir avec un grand sourire, bien au contraire.

— Euh… tu m'expliques, là ? La tumeur a miraculeusement disparu ?

— Mais non, t'es con ! T'as pas vu la tronche du médecin ?

— Euh… non, je n'ai pas franchement fait attention, pourquoi ? Enfin, il m'a paru humain, accueillant, avenant, peut-être même prévenant.

— Mais il est carrément mignon !

— Non mais Loulou, tu t'es crue dans *Grey's Anatomy* ou quoi ?! C'est la vraie vie là, tu vas quand même pas tomber sous le charme du Dr Mamour !

— Arrête, tu trouves pas que ce serait juste carrément romantique de faire ma vie avec le mec qui m'a sauvée d'un cancer ?

— Tu me fais halluciner, toi alors. Je te reconnais bien là, tu t'emballes et tu mets encore une fois la charrue avant les bœufs.

— Mais allez, imagine un peu ! Le discours du mariage serait juste trop romantique…

— Bon, je vais te calmer tout de suite : pense plutôt à la première fois où il va te voir à poil. Tu seras sur une table d'opération et il aura un bistouri entre les mains. Tu crois vraiment qu'il aura envie de te peloter les seins une fois qu'ils seront badigeonnés de bétadine ? Devant un public en plus !

— T'es vraiment pas sentimentale, toi, je ne sais vraiment pas ce que tu fous avec mon cousin !

— Oui, ben n'empêche que moi j'ai les pieds sur terre.

— J'ai pas le droit de rêver un peu ? Tu crois pas que le cancer me donne cette…

— Ah non, non, non, tu ne vas pas commencer à me jouer la carte du cancer pour me faire plonger dans tes délires !

— Rabat-joie !

— Idéaliste !

— Du coup, j'ai presque hâte d'y retourner.

— Ah non, hein, une fois que t'en es débarrassée, de cette tumeur, tu ne remets pas les pieds dans ce cabinet ! Il est pour quand, le prochain rendez-vous ?

— La semaine prochaine, nouvelle mammographie et deuxième consultation, et le 11 je passe sur le billard !

— Allez, viens, je t'emmène…

— Boire un coup pour fêter ça ? Plutôt deux fois qu'une, ma vieille ! Mais ça sera au diabolo menthe cette fois. Alcool interdit désormais ! On trinque quand même, c'est pas tous les jours que j'apprends que je vais me faire opérer par un beau gosse qui sera peut-être le père de mes enfants !

CHAPITRE 70

Vendredi 18 août

AUJOURD'HUI, J'AI ACCOMPAGNÉ LOUISE à son rendez-vous chez le chirurgien. Fidèle à elle-même, elle a succombé à ses beaux yeux dans le quart de seconde où ils se sont levés sur elle. Même quand elle devrait avoir d'autres préoccupations plus importantes, elle reste focalisée sur sa priorité numéro un : trouver l'amour…

Elle a quand même réussi à me faire rire dans l'un des moments les plus tragiques de sa vie. Faut le faire, quand même !

« Fidèle à elle-même » : difficile d'en dire autant de moi. Me soucier du sort des autres, et principalement de celui de Louise, me permet de ne pas réfléchir, de ne pas trop me centrer sur moi-même. Je le remarque. Même Annie trouve que je suis moins morose. Pour preuve, elle m'a renvoyée chez moi pour me préparer à « pouponner » (je cite).

J'ai passé beaucoup de temps avec Andréa cette semaine. Cette jeune femme est un tel soleil. C'est une personne si inspirante, si fascinante, surtout lorsque l'on connaît son jeune âge. Elle m'a parlé d'un nouveau projet dans lequel elle aimerait se lancer : l'écriture. Elle a envie d'aider les autres. Je crois que c'est Annie qui lui a glissé l'idée, comme elle l'a fait avec moi. Mais les objectifs ne sont pas les mêmes : dans mon cas, c'est thérapeutique. En ce qui concerne Andréa, c'est bien plus altruiste. Elle voudrait écrire sur des femmes, des destins de femmes. Elle voudrait recueillir leur portrait à l'association, pour celles qui seront d'accord, et leur rendre hommage dans un recueil. Le but serait de faire parler de l'association, et bien évidemment les bénéfices seraient entièrement reversés à Femmes de Paris. Vu la notoriété de la chaîne YouTube d'Andréa, c'est un projet qui me semble tout à fait réalisable. Je lui ai promis de lui fournir des contacts, j'en ai quelques-uns dans l'édition. Et je me suis aussi proposée pour être sa première lectrice.

Plus je me relis, et plus je me rends compte à quel point je m'étais perdue ces derniers mois. Quand je vois ce que j'écrivais encore il y a quelques mois, j'ai l'impression d'avoir traversé une tempête. Je ne sais pas si je m'en suis sortie, mais une chose est sûre : j'ai envie de retrouver ma vie. Mon entrain, mon enthousiasme, mon optimiste.

Elle me paraît loin, la période où Loulou disait de moi que je « m'émerveillais de tout ». Et la possibilité de la perdre me fait énormément reconsidérer mon attitude.

Je n'ai pas cherché ce qui est arrivé. C'est arrivé, c'est tout.

Je n'ai pas le pouvoir de changer ce qui s'est produit.

Je dois l'accepter et vivre avec.

Je dois préserver mes proches et me protéger moi-même.

L'enfant qui grandit en moi aura 50 % de mon ADN. Ce qui signifie que toute une moitié de lui vient de moi, uniquement de moi, et de personne d'autre. Je suis celle qui lui donnera la vie, celle qui l'élèvera, celle qui le verra grandir. C'est moi qui lui inculquerai mes valeurs. C'est moi qui lui apprendrai à respecter les autres. Avec Antoine, bien sûr.

Oui, je vais mettre un enfant au monde. Peut-être l'enfant d'un autre, mais il sera aussi mon enfant. Et qu'importe de qui il est, ce qui compte c'est qui l'élèvera.

Antoine et moi.

Et on va faire de lui (ou d'elle ?) quelqu'un de bien.

Ce bébé non plus n'a pas cherché ce qui est arrivé. Je n'ai tout simplement pas le droit de lui faire endosser la responsabilité de ce gâchis monumental.

Il va vivre, grandir, aimer.

Et surtout, je vais tout faire pour l'aimer. J'espère de tout mon cœur réussir. J'espère surtout en être capable. Qu'adviendrait-il si je n'y parvenais pas ?

Il faut que j'essaie d'effacer cette pensée.

Aussi bien entouré, avec un père aussi parfait, une marraine déjà tellement folle de lui, et les meilleurs grands-parents dont on puisse rêver... il ou elle deviendra quelqu'un de bien.

Les soirées de garde aux Femmes de Paris vont sans doute se raréfier pour moi. Toute l'équipe m'a prévenue que je vais devoir ralentir la cadence pour les semaines à venir, à commencer par Annie. Mais je ne compte pas lâcher tout le monde pour autant.

J'aime être là-bas. J'aime me sentir utile.

C'est idiot, et encore une fois très égoïste, mais... quand je suis entourée de toutes ces femmes, je me rends compte que mes tracas sont bien peu de chose finalement. Et je me fais la même réflexion quand je pense à Louise.

Je suis en vie.

Ça n'a pas de prix.

SEPTEMBRE

CHAPITRE 71

LE 11 SEPTEMBRE ARRIVA VITE.

Louise était aussi prête qu'elle pouvait l'être lors de son entrée à l'hôpital. L'opération pouvait durer plusieurs heures, mais Jade et son gros ventre n'avaient pas peur d'attendre. Même Antoine avait accepté qu'elle accompagne Louise : après tout, si elle se sentait mal ou faisait un malaise à cause de sa grossesse, elle serait directement au bon endroit et pourrait être prise en charge rapidement.

Paul était présent également, ainsi que leurs parents. Il essaya à plusieurs reprises d'adresser quelques regards en biais à Jade, mais elle l'ignora volontairement. Elle était ici pour Louise, pas pour lui. Le moment était loin d'être opportun pour une nouvelle discussion entre eux. De toute façon, les choses étaient ainsi, les dés étaient jetés, on ne pouvait plus rien y changer désormais.

À eux tous, ils formaient une petite tribu, le soutien officiel de Louise. Tout aurait pu porter à croire qu'ils étaient là pour une grande occasion, ils s'étaient tous endimanchés sans même se donner le mot. Et même si Louise ne disait rien, elle était touchée de voir ses proches se mobiliser autant. Elle qui se sentait parfois si seule se dit en voyant tous ses proches réunis qu'elle n'avait pas nécessairement besoin de plus : elle était déjà bien entourée. D'autres ne recevaient pas autant d'amour dans leur vie, elle pouvait s'estimer chanceuse. Et puis, il y avait le Dr Mamour. Le sujet avait beau porter à plaisanterie, elle entendait cette petite voix, au fond d'elle, qui lui disait « Et si c'était lui ? ». Elle n'était pas fiable, cette voix, évidemment. Elle l'entendait souvent, presque systématiquement, à chaque nouvelle rencontre. Elle s'efforçait toujours de la faire taire, tentait de ne pas lui accorder trop d'importance, mais elle était là et elle ne disparaissait jamais. Cette fois, elle avait presque envie de l'écouter. Après tout, après une telle aventure, la chance pointerait peut-être enfin le bout de son nez !

Oui, Louise avait clairement tendance à voir uniquement ce qu'elle souhaitait. C'était un défaut qui la conduisait régulièrement à se méprendre sur les intentions des gens qu'elle rencontrait, car elle percevait souvent les autres sous leur meilleur jour. Elle se méfiait rarement, et se faisait avoir… presque tout le temps.

Mais, en raison des derniers événements, elle avait bien le droit de rêver un peu à sa belle et grande histoire d'amour ! Il lui fallait quelque chose à quoi se raccrocher, Jade l'avait vite compris, aussi elle n'insista pas pour lui faire entendre raison : le médecin qui sauve une patiente et tombe fou amoureux d'elle, cela relevait davantage du fantasme, non ?

L'opération ne dura qu'une heure. Quelques heures après être sorti de la salle d'intervention, le chirurgien vint rendre visite à Louise qui ouvrait difficilement les yeux. La tumeur avait été plus invasive que prévu. Ils avaient dû procéder à une mastectomie. Louise s'était réveillée sans son sein droit.

CHAPITRE 72

Louise avait reçu une forte dose d'anesthésiant au cas où l'opération aurait duré plus longuement et avait du mal à émerger. Jade était à son chevet, ainsi que ses parents. Paul avait dû partir rejoindre Antoine au cabinet pour une urgence.

Personne ne savait que dire. Louise leur avait rapporté les mots du chirurgien. Elle avait immédiatement souhaité vérifier par elle-même la nouvelle qu'il lui avait annoncée. Ce fut celle qui brisa le silence la première.

— Vous faites une de ces têtes, tous ! On dirait que quelqu'un est mort !

Les mots qui ne trichent pas, comme à chaque fois. Pourquoi prendre des pincettes après tout, elle est la principale concernée dans cette histoire !

— Louise, je vais te laisser te reposer un peu. Je passerai te voir demain, d'accord ? Appelle-moi si tu as besoin de quoi que ce soit.

La fuite était la plus simple des solutions. *Je suis lâche, je laisse la tâche la plus lourde à ses parents. Quelle mauvaise amie je fais !*

À peine sortie, Jade prit son téléphone et composa le numéro d'Annie. Elle avait promis de la tenir au courant de l'avancée de l'opération.

L'échange fut bref, mais il suffit à Annie pour comprendre que son amie avait le moral à zéro. Elle lui proposa donc un dîner entre filles que Jade accepta immédiatement non sans culpabiliser (« Je ne devrais pas être avec Louise, plutôt ? »). Ses doutes avaient été aussitôt balayés par Annie qui avait su se montrer convaincante (« Louise a besoin de repos, et ses parents sont avec elle. Et tu viens de me dire qu'Antoine était coincé au bureau pour toute la soirée. Viens te changer les idées, tu ne vas quand même pas me laisser toute seule ce soir ? »). Le chantage affectif était toujours couronné de succès, avec Jade.

CHAPITRE 73

— Je ne savais pas quoi apporter, alors j'ai pris un petit dessert ! J'espère que tu aimes le chocolat, parce qu'en ce moment, je ne mange que ça.

— Oh, Jade, tu n'aurais pas dû. Entre, viens, je t'en prie !

C'était la première fois que Jade se rendait chez Annie. Elle n'avait pas eu de difficultés à trouver ce grand appartement situé en proche banlieue parisienne, à Levallois-Perret.

— Après mon divorce, j'ai eu besoin d'espace. Je voulais un appartement avec du caractère, et surtout très aéré et lumineux. Je suis contente d'avoir trouvé ce petit bijou. Et tu ne devineras jamais le petit plus qui m'a fait craquer…

— Dis-moi !

— Il y a une grande piscine, au sous-sol, commune pour tous les copropriétaires. C'est pas la classe, ça ?

— Mais tellement ! Dis-moi, il n'y a pas un appartement qui se libère bientôt, dans ton immeuble ? Antoine et moi, on cherche plus grand, pour le bébé, tout ça ! Et puis, je ne serais pas contre le fait de devenir ta voisine…

— Tu serais prête à quitter Paris ?

— Pour un immeuble avec piscine ? Plutôt deux fois qu'une !

— Et ton Antoine, il dirait quoi de partir de son 17e arrondissement chéri ?

— Ah, ça… il sait qu'on ne va pas avoir le choix. C'est même lui qui m'en a parlé le premier, si tu veux tout savoir…

Annie s'affairait en cuisine pendant qu'elles discutaient. Une délicieuse odeur d'origan et de basilic se répandait dans la pièce, Jade en salivait d'avance.

— Qu'est-ce que tu nous prépares de bon ?

— Des spaghettis bolognaise, avec une sauce maison, s'il te plaît !

— Oh là là ! mais qu'est-ce que ça sent bon. Je ne savais pas que tu avais un talent caché pour la cuisine, tu t'es bien gardée de me le dire !

— Ce n'est pas vraiment un talent, disons plutôt que c'est une compétence que j'ai développée pendant mes longues années de mariage… Mon mari n'appréciait pas trop que je puisse mener une vie professionnelle en plus de notre vie conjugale, alors je me suis vite transformée en femme au foyer. Donc tu vois, la cuisine, c'était un peu ma seule activité… en plus du ménage, bien sûr, mais on ne peut pas vraiment dire que je prenais plaisir à passer la serpillière !

— Je ne t'ai jamais demandé si tu avais des enfants, Annie.

— Parce que j'ai toujours soigneusement évité ce sujet. Je n'en ai pas. Non pas que je n'en aie jamais voulu, au contraire. Mais… pas avec lui. Et puis, je n'aimais pas ma vie. Je n'aimais pas l'homme que devenait mon mari lorsque le démon s'emparait de lui. Jamais je n'aurais pu élever un enfant dans la même maison que le monstre qu'il pouvait devenir dans ses mauvais jours. Jamais je n'aurais pu prendre une telle responsabilité. C'était déjà trop lourd à porter pour moi, alors je ne pouvais pas me permettre de mettre la vie de quelqu'un d'autre en jeu.

— Annie… tu es une personne épatante. Plus j'en apprends sur toi, et plus je le découvre…

— Tu sais, ma chérie, je pense très sincèrement que le monde regorge de personnes incroyables, mais que nous ne prenons pas suffisamment le temps d'écouter leur histoire. Derrière chaque individu se cache un passé, nous n'avons absolument aucune idée de ce qu'ont traversé les gens pour arriver jusqu'à nous. C'est ce que m'a appris la vie et c'est ce que les Femmes de Paris m'enseignent chaque jour.

L'émotion étreignit Jade, au point qu'elle était incapable de répondre quoi que ce soit. C'était tellement vrai… Le monde était fait de tellement d'histoires, de tellement d'êtres humains différents.

— Je ne comprends pas comment je peux mériter autant de gens aussi formidables autour de moi. Je suis assez fascinée par ces rencontres que la vie m'offre. Toi, Antoine, Louise, Andréa… Je n'ai tellement pas l'impression d'être à la hauteur des belles personnes que vous êtes.

— Tu te sous-estimes, Jade, et tu ne cesses de te dévaloriser. Mais regarde la belle personne que tu es.

— Je crois que tu te trompes à mon sujet.

— Tu es l'amie qui soutient Louise de toutes les manières possibles. En la défendant corps et âme devant sa famille, en l'accompagnant à ses rendez-vous médicaux, en lui ouvrant les yeux sur les risques auxquels elle expose son cœur…

— Mais ça, c'est le rôle d'une amie, c'est normal…

— Tu es la bénévole qui es capable d'enchaîner six heures de garde, de nuit, à six mois de grossesse, sans jamais se plaindre une seule seconde.

— Ces femmes ont tellement de courage, comment pourrais-je m'apitoyer devant elles ? Ce serait totalement illégitime…

— Tu es la belle jeune femme qui accourt dès lors que je l'appelle en lui demandant de venir passer la soirée avec moi parce que je me sens seule.

— Ça, c'était un prétexte, parce qu'au fond c'est toi qui ne voulais pas me laisser seule !

— Bon, OK, tu marques un point. Mais tu vois comme tout est une question de perspective ?

L'émotion étreignait la gorge de Jade. Elle sentait les larmes lui monter aux yeux et l'envahir.

Et si, en effet, tout n'était qu'une question de perspective ?

Et si telle était la vérité qu'elle devait faire entendre à Antoine ?

Et s'il existait une chance, même infime, qu'Antoine comprenne ces mois de mensonge et… lui pardonne ?

— Bon, et si on allait goûter mes spaghettis, maintenant ?

CHAPITRE 74

Les spaghettis, tout comme la soirée que Jade avait partagée avec Annie, avaient été délicieux. Ces quelques heures passées ensemble avaient eu l'avantage de distraire Jade et de la tenir à distance des pensées qui tournaient en boucle dans son esprit depuis plusieurs semaines.

Le bébé.

Antoine.

Louise.

Le bébé.

Antoine.

Louise.

Brusque retour à la réalité, il allait bien falloir se reconnecter avec le monde extérieur. Si seulement je pouvais vivre en autarcie quelques jours avec Annie. Elle me ferait voir la vie autrement. Peut-être est-elle sur mon chemin pour m'aider à trouver la solution à toutes ces questions, au fond ? Je ne peux pas croire qu'elle ait croisé ma route par hasard. Je sais que quelqu'un l'a mise sur mon chemin pour une bonne raison.

Annie était de ces soleils qui font du bien et qui tiennent les nuages éloignés. Dès son retour chez elle, le besoin pressant d'écrire se fit sentir et, alors même qu'Antoine prenait sa douche, Jade se précipita sur son carnet pour extraire ses pensées sombres. Lorsqu'elles étaient inscrites noir sur blanc, il était plus facile de tourner la page.

CHAPITRE 75

Mardi 12 septembre

Annie s'évertue à voir en moi une personne que je ne suis pas. Elle continue à me dire que je suis « quelqu'un de bien ». Pourtant, elle sait mon mensonge. Je ne peux m'empêcher de m'interroger.

Qu'est-ce que ça veut dire, au fond, être quelqu'un de bien ? Est-ce qu'il y a une définition ? Est-ce qu'il s'agit de remplir tout un tas de critères, publiquement décrétés, qui feraient de nous une belle personne aux yeux des autres ? Est-ce qu'on s'entend tous sur ce que seraient ces conditions ? Je ne suis pas sûre qu'il existe un seul et unique sens à cette expression, je pense au contraire que c'est purement subjectif. Sinon, comment pourrait-elle penser cela de moi ? Alors que moi, j'arrive à peine à me faire face devant le miroir ? Si c'était aussi simple, tout le monde serait d'accord.

CHAPITRE 76

JADE PASSA LES JOURS QUI SUIVIRENT au chevet de Louise, l'accompagnant dans cette épreuve déroutante que son amie prenait pourtant avec le sourire. *Tu parles, plus elle croise son chirurgien dans les couloirs de l'hôpital, plus elle a des étoiles dans les yeux... Dans quelle histoire tu vas encore te fourrer, ma Loulou...*

Si Jade essayait tant bien que mal d'aider Louise à garder les pieds sur terre, elle entrait tout de même dans son jeu car elle voyait que cela lui faisait du bien de penser à autre chose, de flirter, et de se sentir désirable dans ce nouveau corps qu'il lui fallait apprivoiser. Jade avait imaginé que les choses auraient été plus difficiles, mais Louise prenait tout avec le sourire. Elle était d'une résistance incontestable qui forçait l'admiration. *Moi qui passe mon temps à ressasser sans arrêt les mêmes erreurs... Comment fait-elle ?*

C'était pourtant simple : Louise refusait de laisser le cancer la définir, et elle le faisait savoir.

Un exercice inspirant que Jade avait décidé d'appliquer elle aussi.

CHAPITRE 77

Mardi 22 septembre

Je suis comme Louise, comme Annie, elles sont mes exemples.

Je refuse de me laisser définir par ce qui est arrivé.

Je refuse de définir le reste de ma vie à l'aune de cela.

Je refuse de me voir destituée de mon identité.

Je suis la même personne, avec une histoire à ajouter à mon passé, c'est tout.

Il ne tient qu'à moi de changer la donne. Si toute cette histoire me donne l'opportunité de faire quelque chose de bien, alors je m'en saisis.

OCTOBRE

CHAPITRE 78

Les jours passaient et commençaient à se ressembler. La routine prénatale était déjà bien établie, Jade n'échappait pas à son rituel quotidien. Ses visites à Louise, les déjeuners avec ses parents avec qui elle passait plus de temps que ces derniers mois, et ses gardes aux Femmes de Paris (de plus en plus rares à mesure que le terme approchait) constituaient les seules variables de cette mécanique bien huilée.

Jade ouvrit Google et alluma la télévision sur les chaînes d'information ce matin-là sans se douter de ce qu'elle allait y trouver. Son attention fut piquée à vif par la photo faisant les gros titres. Vanessa, la jeune femme qu'elle avait recueillie un mois plus tôt à cause de son nez cassé sous les coups de son mari pour une omelette brûlée. Vanessa était décédée. Un coup de trop. Un coup fatal. Cette fois-ci, les pompiers étaient arrivés trop tard. Cette fois-ci, ni Jade, ni Annie, ni le médecin de famille ne pourraient rien pour elle.

Et, déjà, l'avocat du mari dépeignait un portrait volontairement noir de l'épouse décédée. Une femme « tyrannique », au « caractère fort », qui « soumettait son mari à ses volontés ». Comme si cela justifiait l'horreur, le meurtre, la mort.

Jade n'avait rien inventé. La peur mêlée à l'amour dans les yeux de Vanessa.

Elle s'en voulait. Évidemment, inévitablement.

Et si elle avait écouté Vanessa plus longuement ce soir-là ?

Et si elle avait passé plus de temps à la mettre en garde ?

Et si elle lui avait ouvert et lu ce roman de son autrice préférée, qui parlait si justement des violences conjugales ?

Et si elle avait alerté les autorités ?

Alors Jade ouvrit sa page Facebook, et elle se mit à taper :

« Parfois, notre chemin croise brièvement celui d'autres personnes. Parfois, même si nous ne les connaissions que de loin, leur disparition nous percute.

Ce deuil n'est pas le mien, mais je n'ai pas de mots pour vous dire à quel point il me touche. À quel point je pense à cette famille, que je n'ai même pas connue, qui n'est pas la mienne, et dont je n'imagine même pas la douleur.

Prenez le temps.

Le temps de considérer ce qui est important, ce qui est essentiel, ce qui compte, ce qui vous rend heureux. »

Les larmes coulaient lorsqu'elle cliqua sur « publier ». Elle pensait à Vanessa, bien sûr. Sa disparition avait déclenché cette envie d'écrire ce post. Elle pensait à son grand-père aussi, décédé depuis longtemps. Elle se rendit compte qu'elle avait désormais passé plus de temps à vivre sans lui qu'avec sa douce présence dans sa vie. Elle pensait à cette jeune fille avec qui Louise et elle étaient au collège et qui s'était tuée dans un accident de motoneige en vacances au Canada, il y avait à peine quelques mois de cela. Un choc, elles en avaient été toutes les deux ébranlées. Et puis elle pensait à Louise. Bien sûr, elle pensait à Louise.

Mais Louise était là. Et se battait. Jade comptait bien profiter d'elle plus que jamais. L'irruption de la maladie lui faisait prendre conscience qu'elles étaient loin d'être immortelles. Malgré le cancer de Louise, jamais elle n'avait pensé qu'elle pourrait perdre sa meilleure amie. Il y aurait pourtant un jour où l'une devrait poursuivre son chemin sans l'autre. Jade ne pouvait l'ignorer. Pourvu que cela se produise le plus tard possible.

CHAPITRE 79

IL ÉTAIT UN PEU PLUS DE 10 HEURES le lendemain de cette triste journée lorsque Jade ouvrit les yeux. Le lit était vide et froid à ses côtés, Antoine devait être parti depuis longtemps déjà. Son portable était en train de sonner, alors que cela faisait plusieurs semaines qu'elle avait arrêté de mettre un réveil. Se lever du lit était devenu une véritable épreuve, avec son énorme ventre qui prenait toute la place. Son dos la faisait souffrir en permanence.

— Madame Loiseau ? Je m'appelle Martin Louvin, je fais partie de la police judiciaire de Paris. Vous êtes difficile à joindre ! J'ai tenté de vous contacter *via* les réseaux sociaux mais impossible de vous trouver.

— Police judiciaire ? Que… que se passe-t-il ?

— Je ne peux pas vous en parler au téléphone, madame. Vous êtes convoquée début novembre dans le cadre d'une enquête. Êtes-vous disponible le jeudi 2 ?

— Oui… oui je le suis. Mais…

— Très bien, madame, nous vous en dirons plus sur place. Auriez-vous une adresse mail pour que je vous fasse parvenir la convocation ?

Cet appel produisit l'effet d'un réveil brutal : en quelques secondes à peine, Jade avait émergé d'un sommeil profond. Elle était comme glacée par ce qu'elle venait d'entendre. Il n'y avait pas trente-six possibilités sur l'origine de cette convocation…

Elle reprit son portable et composa un nouveau numéro.

— Paul ? C'est moi. Jade. Il faut qu'on se voie. Quand peut-on se rejoindre sans qu'Antoine ne soit au courant ?

Un silence. Un long silence qui s'étira dans le froid de cette journée pluvieuse.

— Demain midi, au cabinet, c'est noté. À demain.

Elle tenta de se rendormir avec difficulté, et finit par sombrer dans un sommeil agité.

CHAPITRE 80

LE FROID DE L'AUTOMNE commençait à se faire mordant, la température en cette journée d'octobre était loin d'être clémente. Jade s'était couverte et avait ressorti sa large écharpe pour se rendre à son rendez-vous. Encore un peu trop tôt pour le manteau d'hiver !

Il était 13 heures pile lorsqu'elle franchit le seuil du cabinet pour retrouver Paul. Elle s'attendait à ce qu'il soit déjà prêt à partir déjeuner, mais il était encore installé derrière son bureau, en train d'écrire un rapport de consultation.

— Jade, c'est toi. Je suis tellement soulagé que tu aies fini par m'appeler ! Cela fait des mois que je cherche à te parler, tu le sais, mais ça semblait si compliqué… Et puis, avec ce qui arrive à Louise, en ce moment…

— Je ne voulais pas te voir, Paul.

— Oui, j'ai cru comprendre… Mais tu as changé d'avis. Et tu m'en vois heureux. C'est important de parler de ce qui s'est passé, tu le sais…

— Oui, mais ce n'est pas pour ça que je suis là. J'ai un service à te demander.

— Jade, j'ai réfléchi, et… il faut qu'on le dise à Antoine. Il a le droit de savoir.

Étrange comme ce « on » s'imposait subitement. *Ce « on » qui, avant, était pour Antoine et moi. Ce « on » qui porte à lui tout seul tout le poids de nos mensonges. Annie a définitivement raison. Antoine ne mérite pas ça.*

— Non ! Il ne doit pas le savoir. Jamais.

— Jade ? Qu'est-ce que tu fais là ? Et qu'est-ce que ça veut dire ? J'ai cru comprendre… j'ai cru mal comprendre, je crois.

En entendant cette voix, Jade sursauta, comme prise en faute. Antoine se tenait dans l'encadrement de la porte du bureau de Paul, l'émotion sur son visage ne laissait aucun doute sur la conversation qu'il venait d'entendre.

— Antoine ? Mais que fais-tu ici, tu n'étais pas censé déjeuner à l'extérieur ?

— Si… mais j'avais oublié mon dossier, alors j'ai fait demi-tour. Et puis je vous ai entendus, j'ai entendu ta voix, Jade, alors je me suis arrêté…

— Antoine, ce n'est pas du tout ce que tu crois… commença Paul, avant que Jade ne le coupe.

— Paul, arrête, ne dis rien.

— Elle a raison. Paul, ne dis rien. J'ai compris. J'ai compris tout seul. Jade, pourquoi tu m'as menti ? Mais quel con ! C'était donc ça ! C'était ça depuis le début, même ! Tes soi-disant gardes dans cette association, des nuits passées à découcher depuis des mois. Et moi qui m'étonnais qu'on ne fasse plus l'amour ! Je me disais que c'était à cause du bébé, qu'il te fallait du temps pour te faire à l'idée, que tu avais sûrement peur de lui faire mal. Toi qui n'as jamais émis un seul sourire à ce sujet. Je me disais que tu craignais peut-être une nouvelle fausse couche, que tu prenais des milliers de précautions inutiles ! Des mois que je me réjouis d'être papa, alors qu'au final, ce n'est même pas moi le père de ce gosse ! C'EST ÇA, N'EST-CE PAS ?

Jade ne répondit rien. Elle gardait les yeux baissés, incapable de retenir ses larmes et d'affronter le regard d'Antoine.

— Antoine, écoute-moi… tenta de nouveau Paul.

Le regard noir d'Antoine le fit taire.

— Et toi, ARRÊTE ! Mon associé, mon cousin, tu parles ! Être de la même famille ne t'empêche pas de te taper ma femme depuis des mois ! Et Louise, elle était au courant aussi, pendant qu'on y est ? Combien de membres de notre famille m'ont trahi, au juste ? Combien savent que je suis cocu et que ma femme se tape mon cousin ? Je me casse, j'ai plus rien à faire ici.

— Arrête, Antoine ! Où est-ce que tu vas ?

— Chez mon frère ! Je peux, où tu te l'es tapé, lui aussi ?!

Antoine tourna les talons avec violence et claqua la porte sans reprendre le dossier qu'il était venu chercher.

— Jade, il faut vraiment que tu lui dises la vérité. Tu ne peux pas le laisser comme ça ! Tu aurais dû le lui dire plus tôt. Tu aurais dû le lui dire tout de suite ! Et moi, je ne peux continuer ainsi et laisser notre relation se détériorer !

À son tour, Jade prit ses affaires et quitta le bureau de Paul sans même lui adresser un regard. Elle n'était pas prête à répondre à ces questions.

CHAPITRE 81

ELLE ÉTAIT SORTIE À PEINE QUELQUES SECONDES après Antoine, mais il avait déjà disparu. Elle aurait aimé lui courir après, mais pour lui dire quoi ? *C'est peut-être plus simple comme ça, au fond. Je lui ai menti. Je n'ai que ce que je mérite.*

Où aller, maintenant ?

Rentrer à l'appartement ? Pour y faire quoi ? Antoine doit s'être empressé d'y aller pour préparer ses affaires et se rendre chez son frère. Il est peut-être encore temps de le rattraper, c'est vrai, mais... Je ne peux pas affronter son regard. Je pensais que s'il apprenait la vérité, ce serait insurmontable, ce serait trop de douleur, mais je m'étais trompée. La pitié aurait mieux valu que ce dégoût pire que tout. J'ai eu l'impression qu'il... qu'il vomissait les années que l'on a passées ensemble.

Est-ce qu'il est vraiment trop tard pour tout rattraper ? Que suis-je censée faire ?

Lui dire la vérité ? Non, impossible !

La seule personne à qui j'ai envie de parler, c'est Louise. Mais je ne peux pas lui infliger ça. Elle a vraiment du mal à se remettre de l'opération, ce n'est pas le moment. Et puis, c'est son cousin...

Annie ? Non, Annie bosse toute la journée et ce soir elle est de garde. D'autres femmes ont besoin d'elle, bien plus que moi.

Je pourrais peut-être aller à l'association, moi aussi, mais... je crois que je ne suis pas en mesure d'aider qui que ce soit.

Jade sortit son portable et composa le numéro de téléphone fixe de ses parents. Elle n'avait jamais réussi à surmonter la solitude après une dispute et elle savait qu'elle ne pourrait supporter d'être seule chez elle au cours des jours à venir. Ses parents seraient compréhensifs et ne l'obligeraient pas à parler si elle n'en avait pas envie. *Et puis, ils veilleront sur moi et sur le bébé.*

— Allô, Maman ? C'est moi... Je... je me suis disputée avec Antoine. Non, non, rien de grave, mais je... je voulais savoir si... si je pouvais venir passer un peu de temps avec Papa et toi. Si vous n'avez rien de prévu, bien sûr. Je crois que j'ai besoin de me faire chouchouter un peu.

Agnès et Pascal ne se firent pas prier.

CHAPITRE 82

AVANT DE RENTRER À SON TOUR CHEZ ELLE pour récupérer des affaires et séjourner chez ses parents non loin de Paris, Jade décida d'aller rendre visite à Louise pour l'avertir de son départ. Sa meilleure amie était de retour chez elle depuis trois semaines, mais avait beaucoup de mal à se remettre de son opération. Même si elle n'en disait rien à « son » chirurgien, elle se plaignait de douleurs dans la poitrine de plus en plus fréquentes et n'arrivait toujours pas à retrouver un appétit correct. Elle se nourrissait exclusivement de soupes en boîte que Jade achetait pour elle, étant bien incapable de sortir de chez elle toute seule. Après leur journée de travail, ses parents prenaient le relais et lui préparaient/lui apportaient son dîner. Jade allait devoir lui demander de passer par son frère pour les prochains jours.

Arrivée devant chez elle, Jade entra sans hésiter. Elle possédait la clé de l'appartement de Louise depuis des années, c'était elle qui s'occupait de ses plantes lorsque son amie partait en vacances et c'était elle aussi qui avait nourri Marcel, le poisson rouge décédé et ressuscité un nombre incalculable de fois (il s'était avéré que Jade l'oubliait souvent et, dans un élan de culpabilité, se sentait contrainte d'en offrir un nouveau à Louise, étendant ainsi la dynastie des Marcel jusqu'au vingt-troisième du nom, avant d'officiellement déclarer forfait). Elle trouva Louise endormie sur le canapé, la télécommande à la main, un plaid sur les genoux. Jade hésita de longues secondes, puis décida de ne pas troubler le repos de son amie. Elle avait besoin de récupérer et recouvrer des forces. Jade prit un Post-it et griffonna brièvement un petit mot d'excuse, expliquant à Louise qu'elle partait quelques jours chez ses parents et lui promettant de l'appeler dans la semaine. Avant de repartir sur la pointe des pieds, elle prit tout de même le temps d'éteindre la télé et de remonter le plaid jusque sous le menton de Louise, pour la maintenir au chaud.

Elle referma la porte avec précaution, avant de prendre une grande inspiration. Il allait maintenant falloir affronter son appartement. *Antoine y sera-t-il ?*

CHAPITRE 83

NON, ANTOINE N'Y ÉTAIT PAS. *Faut-il que je l'attende ? Que je lui parle ? Que je lui écrive un mot ? Une lettre d'excuses ? que je lui dise à quel point je suis désolée ? Non, rien de ce qui s'est passé n'est excusable.*

Jade ne voulait pas s'attarder. Bien que l'envie de retrouver Antoine et de tout lui expliquer fût impérieuse, elle savait qu'il lui faudrait du temps avant d'être prêt à écouter sa version des faits. Et elle ignorait si elle serait un jour prête à la lui délivrer.

Antoine ne semblait pas être revenu à l'appartement depuis le matin, le lit était encore défait, la vaisselle demeurait dans l'évier, et ses vêtements n'avaient pas bougé du dressing. Quitter l'appartement était extrême. Pourtant, c'était la seule solution, il fallait que l'un d'entre eux parte. Et Antoine ne méritait pas d'être chassé de chez lui.

Jade avait pris la bonne décision, mais elle devait faire vite si elle souhaitait éviter de le croiser. Elle entassa une bonne partie de ses vêtements de grossesse dans une grande valise et quitta la pièce sans un regard.

CHAPITRE 84

Depuis que Pascal était retraité, les parents de Jade passaient leur temps à courir les magasins de bricolage, à faire des voyages et à rendre visite à leur famille aux quatre coins de la France. Agnès travaillait encore, mais il lui était facile de s'accorder des journées de repos, puisqu'elle tenait son propre magasin de cosmétiques. Même s'ils déjeunaient souvent tous les trois ensemble, au moins deux à trois fois par mois, ils se plaignaient toujours de ne pas voir assez leur fille. Alors évidemment, lorsque celle-ci s'invitait à l'improviste, c'était le branle-bas de combat pour l'accueillir dans les meilleures conditions.

En poussant la porte, armée de son gros ventre et d'un sac suffisamment grand pour lui permettre de tenir pendant une durée indéterminée, Jade se prépara. Ses parents sauraient se retenir de la questionner, elle en était certaine. Ils ne la pousseraient pas dans ses retranchements si Jade manifestait un mutisme clair et volontaire, mais elle n'échapperait pas à quelques petites interrogations. Qu'était-elle prête à leur dire, que voulait-elle garder pour elle ?

— Chérie ! Mais tu débarques pour combien de jours, avec tout ça ? On dirait bien qu'on va s'occuper de toi pendant un petit moment !

— Coucou, Maman. Je ne sais absolument pas combien de temps je vais rester, tu sais, je suis en vacances longue durée... alors j'ai prévu large pour ne manquer de rien. J'espère que ça ne vous dérange pas.

— Tu plaisantes ! C'est ton père, qui va être content. Il va pouvoir te faire goûter ses nouvelles recettes. Il est en plein tests culinaires, depuis quelques semaines, grâce au robot que nous venons de nous offrir.

— Et toi, j'imagine que tu te fais un plaisir de jouer les cobayes !

— Tu as tout compris ! Jade... dis-moi... comment tu vas ? Je suis quand même un peu inquiète pour toi. Est-ce que tout va bien avec Antoine ?

— Maman...

— Ma chérie, tu es enceinte jusqu'au cou. Je me pose juste la question.

— C'est compliqué, je n'ai pas envie d'en parler.

— Très bien, comme tu voudras. Mais...

— Maman !

Agnès n'insista pas. Elle avait dû faire passer le mot à Pascal, car il n'évoqua pas le sujet non plus. Tous trois dînèrent dans une ambiance légère, Jade se laissa contaminer par la joie communicative de ses parents qui firent tout leur possible pour chasser son humeur sombre et lui redonner le sourire. C'était précisément ce dont elle avait besoin. Ce n'est que lorsque minuit sonna qu'ils décidèrent d'aller se coucher, et de reporter la vaisselle au lendemain matin.

CHAPITRE 85

Au réveil le lendemain, la première pensée de Jade fut pour Annie. Elle ne l'avait pas prévenue de son départ précipité, elle lui envoya donc un texto succinct qui relatait les derniers événements.

> Antoine a appris pour le bébé. Je suis partie chez mes parents, le temps de le laisser respirer. Je ne sais pas quand je rentrerai. Peux-tu prévenir Andréa que je ne pourrai pas passer à l'association dans les jours à venir, et lui souhaiter bon courage avec les enfants ? Je t'embrasse.

La réponse ne se fit pas attendre :

> Pas de problème, Jade. Je transmets ton message à Andréa. Prends le temps qu'il faudra, et surtout, prends soin de toi et du bébé. Je pense à toi.

Jade avait toujours su qu'Annie ne la jugerait pas. Quoi qu'il advienne. Pas de questions horripilantes, aucune condamnation morale dans ses paroles. Elle était juste présente, bienveillante, accueillante, comme toujours, pour elle comme pour les autres. Un soleil à l'état brut.

Il allait maintenant falloir se lever, et affronter cette journée. Elle ignorait comment agir, tant avec ses parents qu'avec Antoine. *Antoine, mon Antoine…* Il obsédait ses pensées, l'avait tenue agitée toute la nuit. Qu'avait-il fait, la veille ? Était-il vraiment allé chez son frère ? À qui s'était-il confié ? S'était-il seulement confié ?

— Tu aurais pu amener Louise !

Cette phrase de sa mère lui fit brutalement reprendre conscience. C'était vrai. Elle aurait pu avoir cette idée. Mais qu'aurait pensé Antoine ? Quel mal cela lui aurait-il fait ? Elle n'était pourtant au courant de rien, la Loulou. Mais Antoine aurait refusé de les croire.

— Elle a besoin de repos, le trajet aurait été un peu trop éprouvant pour elle.

— Quelle tristesse, cette satanée histoire de cancer, quand même. À son âge, si jeune ! Mon Dieu, ma chérie, je n'ose imaginer la douleur de ses parents. Si l'on m'avait appris la même chose sur ton compte, je crois que… je crois que… je ne sais même pas comment j'aurais réagi.

— Je veux bien le croire, ça, Maman. Mais en réalité, tant que nous ne sommes pas nous-mêmes confrontés à la situation, je crois qu'on ignore comment on pourrait réagir.

— Dis donc, tu es devenue bien sage, et bien grande d'un seul coup, ma fille, ne put s'empêcher de répliquer Pascal aux paroles de Jade.

Eh oui, Papa. Avoir un bébé, ça fait mûrir. Être mère, c'est peut-être apprendre à grandir.

— Bon, et si je te faisais goûter mon cake aux orties et au piment d'Espelette ?

— Euh, on est sûrs de cette association de goûts là ?

— Mais oui, ta mère a déjà goûté, elle adore !

Un bref regard à Agnès, mimant un vomissement à la perfection, suffit à confirmer à Jade que la recette n'était pas encore au point.

— Je crois que je vais passer mon tour, pour cette fois !

— Oh, mais ma chérie, tu loupes quelque chose ! Franchement, comment peux-tu dire que tu n'aimes pas sans avoir goûté avant ?

— Papa, tu oses encore me poser cette question ? Tu sais bien ce que je te réponds à chaque fois.

— Oui… je sais… comment puis-je dire que je n'aime pas porter un string alors que je n'ai jamais essayé…

— Eh bien voilà, on est d'accord. Allez, je vous laisse déjeuner en amoureux, je vais bouquiner dans ma chambre. En plus, je n'ai pas très faim ce midi.

Sur ces paroles, Jade quitta la cuisine. Le programme serait plutôt à la sieste, mais ça… ses parents n'avaient pas besoin de le savoir !

CHAPITRE 86

Cela faisait maintenant trois jours que Jade s'était installée chez ses parents, confortablement. Elle avait éteint son portable et décidé qu'elle ne serait là pour personne, le temps de faire le point, le temps de décider ce qu'elle devait faire. Elle était anesthésiée par tout le réconfort que lui apportaient ses parents, aux petits soins pour elle.

C'était un vendredi.

Le 13 octobre 2017.

Le temps était nuageux. L'affaire Weinstein battait son plein, tout le monde ne parlait que de ça. L'affaire était loin de se cantonner à Hollywood, et les vagues du #MeToo déferlaient sur les réseaux sociaux. Les politiciens se battaient pour une récupération politique, Twitter était à feu et à sang. Le féminisme était à la mode, pour une fois il était de bon ton de se revendiquer féministe…

Si ce 13 octobre avait été une journée comme une autre, Jade se serait plongée corps et âme dans ce débat. Elle aurait soutenu Marlène Schiappa, se serait indignée sur Facebook, aurait posté une réplique cinglante sur Twitter. Elle aurait écrit à Andréa, à Annie. Qui sait si elle ne serait pas carrément descendue protester dans la rue, avec son gros ventre ? Après tout, Antoine n'était plus là pour l'en empêcher.

Si ce 13 octobre avait été une journée comme une autre, Jade aurait cuisiné des pâtes pour toute la famille pour éviter la pizza au tofu, variante du cake aux orties de son père.

Si ce 13 octobre avait été une journée comme une autre, elle aurait décroché son téléphone. Aurait appelé Louise. Aurait pris de ses nouvelles. Lui aurait proposé de lui apporter un Incroyable.

Mais ce 13 octobre là, Antoine appela sur le téléphone fixe de ses parents. Un appel qui fit frémir son cœur. Un appel source de joie. Quelques secondes avant de prendre le combiné que lui tendait sa mère, avec un grand sourire (« C'est Antoine, ma chérie, il veut te parler ! »), Jade sentit une vague d'espoir l'envahir. L'espoir de retrouver Antoine, bien sûr, l'espoir de pouvoir enfin tout lui expliquer. Peut-être pourrait-il comprendre ? Peut-être même pourrait-il pardonner ?

Si elle avait su, Jade aurait tout fait pour que ce moment s'étire et dure indéfiniment. Elle aurait empêché sa mère de décrocher le téléphone au bout de deux sonneries, elle ne se serait pas précipitée pour entendre ces mots.

— Jade ? C'est Antoine.

Silence.

— Louise est morte. J'ai pensé que tu préférerais l'apprendre par moi.

CHAPITRE 87

MORTE. LOUISE. LOULOU. MORTE.

Deux mots qui n'allaient pas ensemble. Comment était-ce possible ? On ne meurt pas à 28 ans ! À l'aube de sa vie…

— Qu'est-ce que tu racontes, Antoine ?! Ce n'est pas drôle, enfin ! Si c'est tout ce que tu as trouvé pour me faire du mal, c'est vraiment de très mauvais goût.

— Je ne rigole pas, Jade… Elle a développé une infection. Une complication à la suite de l'opération. Un truc rare. Un truc qui n'arrive jamais. Le chirurgien dit que les risques sont de moins de 1 %. Elle est décédée dans la nuit, on l'a découverte ce matin.

— Arrête, tais-toi, arrête !

— Je suis désolé…

— Ne dis pas ça, ne dis plus rien ! FERME-LA !

— L'enterrement aura lieu mercredi ou jeudi. Nous te tiendrons au courant.

Et il raccrocha.

CHAPITRE 88

LOUISE EST MORTE.

Elle n'avait même pas senti qu'elle était tombée. Le combiné lui avait glissé des mains, elle s'était retrouvée par terre. Les larmes n'en finissaient pas de couler de ses yeux.

Louise est morte.

— Qu'est-ce qui se passe, ma chérie, tu me fais peur, parle, dis-moi, qu'est-ce qu'il y a ? Relève-toi, tu t'es fait mal ? Explique-moi ! hurla sa mère en la secouant.

— Louise est morte, murmura-t-elle dans un souffle.

— Qu'est-ce que tu racontes ?

— LOUISE EST MORTE, MAMAN !

Jade s'était mise à crier subitement, faisant sursauter Agnès.

— LOUISE EST MORTE ! ELLE EST MORTE MORTE MORTE MORTE MORTE !

Jade se releva avec difficulté, et se précipita si vite dans les escaliers qu'Agnès appela Pascal en renfort. Jade courut jusqu'à sa chambre et alluma son portable en quatrième vitesse.

Et si elle m'avait appelée ? Et si elle m'avait appelée à l'aide et que je n'avais pas décroché ? Et si j'avais pu l'aider, et si j'avais décroché, et si j'avais pu la sauver, et si je n'étais pas une putain d'amie assez égoïste pour ne penser qu'à moi alors que ma meilleure amie mourait d'un cancer !

L'écran s'alluma.

Aucun nouveau message.

Elle est morte toute seule. Elle ne m'a pas appelée. Elle est morte sans moi, loin de moi, je n'étais pas là.

Je n'étais pas là.

Je n'étais pas là…

CHAPITRE 89

JADE ÉTAIT EN PROIE À UNE CRISE DE LARMES tellement incontrôlable que son père la prit dans ses bras. Il parvint difficilement à la porter jusque dans son lit pendant que sa mère cherchait un calmant à lui faire avaler. Les cris de Jade étaient si incontrôlables que Pascal dut rappeler Antoine pour s'assurer d'avoir bien compris ce qu'il pensait avoir déchiffré des dires de sa fille.

Louise. Morte. Chez elle. Des suites d'une infection. Prise en charge trop tardivement à l'hôpital. Et non, il ne rentrerait pas pour soutenir Jade pendant cette épreuve, il devait rester auprès de sa famille. Merci, au revoir.

Louise était morte. Rien ne pouvait combler le vide immense que cette nouvelle venait de creuser en elle. Jade était seule.

Plus seule que jamais.

CHAPITRE 90

Il allait maintenant falloir se lever, et affronter la journée. Une première journée sans Louise. La première d'un long, très long chemin.

Pendant cette longue nuit de sommeil, Pascal s'était affairé pour que chacune des interrogations de Jade trouve réponse à son réveil. Une cérémonie religieuse était prévue cinq jours plus tard, dans une grande église du 16e arrondissement de Paris. Louise serait enterrée dans le cimetière où reposaient ses grands-parents, à côté du tombeau familial déjà plein. Personne ne savait exactement si elle avait souffert, ou si elle avait tenté de joindre les secours. Une autopsie avait été effectuée pour déterminer la cause du décès, une infection non détectée.

Pascal s'attendait à ce que Jade lui demande le plus de détails possible. Pourtant, lorsqu'elle ouvrit les yeux, elle ne dit pas un mot. Elle était pressée d'écrire, pressée de laisser s'évacuer le torrent de ses pensées. Pas le temps de partir à la recherche de son carnet, qu'elle avait très probablement enfoui au fond de son sac. Jade voulait écrire, maintenant, elle ne pouvait attendre. Elle se saisit de feuilles volantes qui traînaient sur son vieux bureau d'étudiante, et se mit à griffonner.

Écrire l'indicible, l'absurdité soudaine de cette impossible disparition à laquelle elle refusait de croire.

Samedi 14 octobre

J'ai du mal à comprendre comment une telle chose a pu arriver.

J'ai déjà eu tellement de mal à accepter la disparition de mon grand-père, disparu lui aussi d'un cancer il y a quinze ans. Alors qu'il avait l'âge auquel on s'attend à voir les autres disparaître.

Mais alors toi...

Je ne peux pas croire. C'est impossible.

Ce genre de choses, ça n'arrive que dans les films. Les mauvaises fictions dans lesquelles l'héroïne a besoin d'un électrochoc pour comprendre qu'elle passe à côté de sa vie. Mais on est dans la vraie vie, là. Ce n'est pas ainsi que les choses sont supposées se passer.

Je ne peux pas croire que tu étais endormie la dernière fois que je t'ai vue. J'aurais pu te réveiller, et je t'ai laissée endormie. Je n'ai pas croisé ton regard, je ne t'ai pas fait rire une dernière fois, je ne t'ai même pas effleuré les cheveux.

Je ne peux pas croire que j'aie pu partir de chez toi sans te serrer dans mes bras.

Je ne peux pas croire que je sois rentrée chez moi en oubliant de t'envoyer un texto pour te dire que j'étais passée et que je t'avais trouvée endormie.

Je ne peux pas croire que l'on ne se soit pas écrit depuis ce jour-là.

Je ne peux pas croire que l'on ne se soit pas appelées.

Je ne peux pas croire que ce moment était le dernier que nous ayons passé ensemble.

Je ne peux pas croire qu'il te soit arrivé ça.

Je ne peux pas croire qu'il te soit arrivé ça sans que je n'aie été là pour toi.

J'ai peur. J'ai tellement peur.

Je ne veux pas croire que l'on ne se reverra jamais. Ce n'est pas possible. J'ai peur. Où es-tu, où es-tu passée ?

Je n'ai jamais cru aux esprits, mais si cette folle théorie pouvait m'apporter un peu de toi, alors je serais prête à tout essayer sur-le-champ.

Je me suis toujours demandé ce qu'il y avait après la mort. Avec cette lointaine angoisse que je finissais toujours par reporter à « plus tard », au moment où je serais « davantage concernée ». Un moment où je me baladerais avec des cheveux gris, où j'aurais des difficultés pour me lever de mon canapé, où je n'entendrais plus très bien le son de la télé, où mes yeux fatigués auraient du mal à déchiffrer les pages de mes romans préférés.

Je n'ai jamais pensé que je devrais y faire face si tôt. Bien plus tôt que prévu. Et encore moins à cause de toi, ma Loulou...

La mort m'a toujours fait peur. Elle est tellement définitive. Irréversible. Inconnue... Je n'ai pas hâte de découvrir ce qui se passe après. Et s'il ne se passait tout simplement rien ?

Et si, au contraire, on se rejoignait tous plus tard ? Et si l'on était obligés de se supporter pour l'éternité ? Qu'est-ce que je préfère au juste ?

L'idée de te revoir. Plus tard. Dans une autre vie. Dans une autre réalité.

Je ne peux pas croire que je ne te reverrai tout simplement jamais.

Les larmes n'en finissaient pas de couler.

Il fallait à présent écrire d'autres mots.

Les mots qu'elle prononcerait lors de la cérémonie. Des mots qu'elle voulait choisir précautionneusement, pour rendre de son mieux hommage à la merveilleuse personne qu'était son amie de toujours.

CHAPITRE 91

La décision s'était imposée comme une évidence. Quand les parents de Louise avaient demandé si Jade serait d'accord pour prendre la parole lors de la cérémonie, elle avait spontanément accepté. Comment aurait-elle pu refuser ? Qui d'autre qu'elle, en plus de sa famille la plus proche, pour prendre la parole et faire honneur à Louise ?

Au moment de gravir les marches qui menaient à l'estrade, elle sentit tout le poids du bébé peser dans son ventre. Tout le poids des regards sur ses épaules. Celui de Paul. Celui d'Antoine. Tout le poids des regrets, des remords, des reproches. Tous ces mots en « re » à partir desquels elle devrait reconstruire sa vie.

Ils savaient tous les trois qu'ils n'étaient pas présents ce jour-là pour parler de cette histoire. Pourtant, Jade ne pensait qu'à cela en plaçant son texte sur le pupitre.

Antoine lui avait-il tout raconté ? Louise est-elle morte en pensant que j'avais trompé son cousin avec son frère ?

« On ne s'y attendait pas, à ça. Tu as toujours été si imprévisible, ma Loulou. Pourtant, tu avais un plan de carrière bien défini, tu avais tout tracé au millimètre près…

Mais tu étais toujours capable d'en dévier et d'épater tout le monde. Je me souviens encore de l'anniversaire surprise que tu m'avais organisé. Et puis de ce jour où tu es arrivée avec les cheveux teints en roux... Ou devrais-je plutôt dire en rouge ! C'est toi qui as su créer les plus belles surprises de ma vie. Mais cette dernière, j'aurais préféré m'en passer. On se souviendra de toi comme celle qui n'a jamais cessé de croire en l'amour. On se souviendra de toi comme d'une éternelle optimiste sentimentale. On se souviendra de toi comme celle qui a toujours su voir le bon en l'autre, parfois même lorsque personne d'autre que toi ne le voyait. »

Interrompue par les larmes, Jade ne pouvait continuer tant sa voix tremblait. La boule qui s'était formée dans sa gorge était énorme et formait un barrage qu'elle peinait à maîtriser. En levant son regard embué de pleurs, elle se rendit compte que nombreux étaient les gens à se tamponner les yeux.

« Je lève les yeux ma Loulou et je vois tous ces gens présents pour toi. Tous ces gens pour qui tu comptes, pour qui tu compteras toujours. Tu as marqué tellement de vies de ton empreinte. Tu as laissé ta marque partout où tu passais. Il est impossible de t'oublier. Les gens sont si nombreux aujourd'hui pour toi, je n'ai jamais vu une église aussi remplie. Ta mort est si injuste. C'est justement parce qu'on est dans une église que je peux m'adresser à Dieu et lui dire personnellement à quel point je lui en veux, ma Loulou. J'en veux à Dieu de t'avoir arrachée à moi, à tes parents, à ta famille, à tes amis, à toutes les personnes présentes ici aujourd'hui. Louise, tu es, tu seras toujours, la sœur dont j'ai toujours rêvé, la personne à qui j'ai confié chacun de mes doutes, chacune de mes peines, chacun de mes secrets. »

Un soupir.

Chacun sauf un.

Jade avait murmuré cette dernière phrase, pour elle-même autant que pour le cercueil qui accueillait Louise, avant de retourner s'asseoir et de céder sa place à la mère de sa meilleure amie, qui se levait déjà et se dirigeait lentement vers le pupitre. Comme à reculons.

« Je ne suis pas née pour voir ton nom sur une tombe. Aucun parent ne voit le jour pour cueillir le dernier souffle de son enfant. C'est une douleur que je ne souhaite à personne. »

L'émotion étreignait tout le monde. La mère de Louise essaya de se reprendre, mais aucun son ne parvint à franchir le mur de ses lèvres. Au bout de quelques minutes, Paul finit par se lever pour raccompagner sa mère à sa place, et prit à son tour la parole. Au milieu de tous ces gens éplorés, Paul détonnait : il souriait.

« Loulou. Il n'y a bien que toi pour planter ce monde de merde d'une façon aussi marquante. Tu as toujours été une fille pas comme les autres, tu nous le prouves une fois de plus. Ta façon à toi d'entrer dans la légende, ça aurait pu être en devenant star de cinéma. Crois-moi, tu aurais eu du succès : dès que tu es arrivée dans la famille, tu as réussi à capter toute l'attention, un vrai prodige. »

Un petit rire mêlé d'un sanglot se fit entendre dans l'église. Paul continua sans s'arrêter.

« Et quand tu as grandi, tes mensonges pour me faire accuser de te voler tes poupées t'auraient bien valu un Oscar. Tu aurais aussi pu te distinguer en entrant dans le Guinness des records : je n'en connais pas deux comme toi, capable d'engloutir autant de tartines de Nutella à la minute. C'est un don, il faut le savoir ! Pour certains, ce sont les hot-dogs, pour d'autres, les pintes de bière. Mais toi, c'était le Nutella. Loulou, aujourd'hui, contrairement à tout le monde, je refuse d'être triste. Bien sûr, tu vas me manquer, et tu n'imagines même pas à quel point. Mais je te suis surtout reconnaissant d'avoir fait partie de ma vie. Je suis fier d'avoir été, et d'être encore aujourd'hui ton frère. Il y a peu de belles personnes comme toi sur cette Terre, et non seulement j'ai eu la chance de te connaître, de te connaître vraiment, de connaître tes angoisses les plus profondes et tes doutes les plus forts… mais je t'ai aussi vue vivre, grandir, évoluer, t'épanouir. Je sais que ta vie est loin d'avoir été celle que tu imaginais lorsque tu étais petite. Mais tu as réussi à vaincre l'imprévisible, à accueillir l'imprévu pour devenir la femme que tu étais. Je t'aime à l'infini, et au-delà. Et on se retrouvera dans une autre vie. Occupe-toi bien des nôtres là-haut, au paradis où est ta place. »

À travers les pleurs, on distinguait désormais les sourires sur les visages qui entouraient Jade.

Voilà ce qu'elle aurait voulu. Qu'on lui sourie, comme elle souriait à la vie.

CHAPITRE 92

JADE AVAIT 13 ANS lorsqu'elle avait assisté à ses premières obsèques. Son grand-père était décédé d'un cancer du poumon à l'âge de 74 ans. Ce qu'elle retenait encore aujourd'hui de cet événement douloureux, c'était son incrédulité lorsqu'on lui avait annoncé l'organisation d'une « petite fête » après les funérailles. Encore aujourd'hui, c'était le mot « fête » qui s'imposait à elle lorsqu'il fallait évoquer les retrouvailles qui suivaient les obsèques. Et toute l'indécence contenue dans ce mot continuait de la surprendre. Mais Jade avait grandi, et désormais, elle comprenait la nécessité de se réunir pour célébrer, rendre hommage à la personne disparue. Unis dans une même douleur.

Même si elle ne savait pas trop quelle serait la réaction d'Antoine, une chose était sûre : sa place était là, auprès des parents de Louise qu'elle considérait comme sa deuxième famille. Non pas tant parce qu'elle était la compagne de son cousin (l'était-elle seulement encore ?), mais parce que les parents de Louise l'avaient toujours accueillie comme leur propre fille, dès le début de leur amitié. Ils étaient tantôt ceux qui allaient les chercher au collège ou au cinéma, tantôt ceux qui lui préparaient son repas préféré lorsqu'elle venait dormir chez eux. Sans jamais rivaliser avec ses propres parents pour autant, qui rendaient d'ailleurs la pareille à Louise. Les deux couples étaient rapidement devenus amis à leur tour, s'affranchissant du lien des deux filles pour s'inviter à passer de bons moments autour d'un bon dîner. La disparition de Louise les percutait tous, au plus profond de leurs cœurs.

Prendre la parole en public cette après-midi-là avait été une première épreuve. Devoir affronter le regard d'Antoine constituerait la seconde. Aucune parade possible pour éviter sa présence, la tension entre eux était aussi forte qu'électrique, et tout leur entourage pouvait la sentir. Tous se gardèrent bien de poser les questions qui pourtant s'imposaient : comment en étaient-ils arrivés là ? Eux, le couple modèle, les amoureux parfaits, dans l'harmonie et la joie de l'attente d'un premier enfant. Envolée, toute cette félicité avait fait place à la douleur commune de la perte d'un être proche et de deux cœurs brisés.

Chacun adopta un comportement aux antipodes de celui de l'autre. Jade jeta son dévolu sur une chaise qu'elle ne quitta plus, sous couvert d'épargner son dos qui la tiraillait, là où Antoine avait décidé de voguer de groupes en groupes, saluant untel, recueillant les condoléances d'un autre. Il y avait foule et le restaurant réservé pour l'occasion, malgré sa grande salle privatisée, était plein à craquer d'amis et de connaissances plus ou moins proches venus témoigner leur compassion aux membres de la famille. Nombreux étaient ceux qui connaissaient Jade également et, bien que son absence aux côtés d'Antoine se fît remarquer, personne n'osa la questionner ni sur cette distance, ni sur la vie qu'elle portait en elle. Une vie presque indécente pour une journée comme celle-ci. Elle avait presque honte de ce gros ventre qui n'en finissait plus de s'élargir, prenant conscience de ce que Louise ne pourrait plus jamais vivre et partager avec elle. *Tu ne verras jamais ta marraine, mon ange, mais je te promets que tu apprendras malgré tout à la connaître, grâce à mes souvenirs.*

Mon ange.

C'était bien la première fois que Jade s'adressait en ces termes à son enfant.

L'hostilité d'Antoine envers Paul était également palpable pour un œil avisé. Jade l'avait évidemment remarqué et déplorait cet immense gâchis dont elle se sentait responsable. Elle en était là de ses réflexions lorsqu'elle remarqua Paul s'approcher de son cousin. Elle tendit l'oreille, alertée, et stressée à l'idée d'une altercation dans un moment si mal choisi.

— Antoine, laisse-moi te parler.

— Dégage, Paul, c'est pas le moment. On enterre ta sœur, là, au cas où tu ne serais pas au courant.

— Mais je suis parfaitement au courant, Antoine ! C'était ma sœur, comme tu viens de le préciser. MA sœur, pas la tienne.

— Ta sœur, ma cousine. Tu ne crois pas que justement tu devrais lui témoigner un peu plus de respect ?

— Mais je suis respectueux !

— Ah ouais ? Vis-à-vis de ta sœur autant que vis-à-vis de ma femme peut-être ?

— Arrête, Antoine, tu te méprends.

— Non, je ne crois pas, non.

Le ton était en train de monter et, peu à peu, le silence s'était fait autour des deux cousins. Les regards se tournaient vers eux et l'incrédulité se lisait sur tous les visages. Jade elle-même ignorait comment réagir, paralysée par la peur que son secret ne s'ébruite dans des circonstances aussi dramatiques.

Pitié, Paul, ne dis rien. Pas aujourd'hui. Pas maintenant. Pas comme ça.

S'apercevant du mutisme général, Paul jeta sur la salle un air paniqué. Ses yeux croisèrent ceux de Jade quelques instants, ce qui eut l'effet de faire sortir Antoine de ses gonds.

— Tu es d'une indécence invraisemblable, Paul. J'ose à peine y croire. Tout le monde mérite de savoir qui tu es après le discours si émouvant que tu nous as livré à l'église, tout à l'heure ! Ah, le rôle du frère indigne de la petite sœur parfaite ! C'est le moment de dire à tous à quel point c'est vrai. À moins que justement ta sœur n'ait été au courant de tout, elle aussi, depuis le début ?

— Stop, Antoine, arrête maintenant. Je ne te laisserai pas proférer des horreurs sur Louise !

Jade fut aussi surprise que les autres d'entendre sa propre voix s'élever. Elle eut le mérite de couper court au discours d'Antoine.

— Ce n'est ni le lieu, ni le moment d'avoir cette conversation.

— T'as bien raison, c'est toujours toi qui commandes, pas vrai ? À quel moment on doit parler, à quel moment on doit se taire… T'en connais un rayon, non ? C'est ce que tu crois. C'est pourtant toujours le moment de se parler, Jade. Toujours. Sauf maintenant, t'as raison sur ce point. Parce que là, c'est trop tard.

Sur ces mots, Antoine tourna les talons, mettant ainsi fin au spectacle. Les conversations reprirent leur cours, mais Jade sentit le poids des regards peser sur elle. Ceux de la famille de Louise, celui de Paul, bien sûr… mais surtout, ceux de ses propres parents. Elle n'était pas encore prête à les affronter. Et encore moins à parler, à qui que ce soit. Une chose était pourtant sûre : tout le monde était désormais au courant de ses mensonges et les soupçons allaient commencer à peser sur elle. Sans doute le bruit courait-il déjà qu'elle avait fait à Antoine un enfant dans le dos, en lui faisant croire qu'il était de lui.

CHAPITRE 93

DEVANT CE CLIMAT DE TENSION, les parents de Jade proposèrent de lever le camp. La proximité d'Antoine rendait Jade nerveuse. Sans même un regard, il s'éloigna pendant que Jade saluait les derniers proches. Le temps qu'elle se demande si elle devait le retenir et parler enfin, il était déjà parti.

Le trajet du retour s'effectua dans un silence pesant. Une fois arrivée, Jade prit le temps de partir à la recherche de son carnet. Elle le sentait, il fallait qu'elle écrive et, celle fois-ci, elle ne pouvait se passer de son cahier. Elle commença ses investigations par sa valise emplie de vêtements. En vain. Elle fouilla les recoins de sa chambre, au cas où le carnet aurait malencontreusement glissé de son sac, mais impossible de remettre la main dessus. La panique commençait à la gagner et elle demanda à sa mère de l'aider dans ses recherches. Pourtant, l'exploration d'Agnès ne fut pas plus fructueuse que celle de sa fille. Jade se mit alors à pleurer à gros sanglots sans pouvoir se contrôler.

— Maman, mais tu ne te rends pas compte ! Sans ce carnet, je ne peux pas, je ne peux rien dire, je ne peux rien écrire, je ne peux plus être moi-même.

— Calme-toi, Jade, c'est juste un carnet…

— Mais non, Maman, c'est pas « juste un carnet » ! C'est MON carnet !

— Jade, calme-toi, tu es sous tension. La journée a été particulièrement rude. Le décès de Louise…

— Louise n'a rien à voir là-dedans enfin !

— Je pense que si, ma chérie. Louise était ta meilleure amie, c'est normal que tu sois profondément ébranlée par son départ. Nous le sommes tous… tenta doucement sa mère.

— Ce n'est pas un « départ », Maman ! Elle est morte ! Elle est morte et je n'étais pas là. Elle est morte et je n'ai même pas entendu sa voix une dernière fois, je ne lui ai pas dit que je l'aimais, je ne lui ai pas dit la vérité, putain, Maman ! La dernière fois que je suis allée la voir, je n'ai pas voulu la réveiller, je lui ai laissé un mot en lui disant que je l'appelais, et je ne l'ai pas fait ! Louise est morte et encore une fois, je ne pensais qu'à m'occuper de moi ! J'ai besoin de mon carnet pour évacuer tout ça !

— Calme-toi, Jade. Tu as dû l'oublier chez toi. Pourquoi ne demandes-tu pas à Antoine de venir te le déposer ? Ou qu'il te l'envoie par la poste, si tu ne tiens pas à le voir…

— Arrête de me dire de me calmer ! Et puis, tu crois sincèrement qu'Antoine serait prêt à m'apporter des affaires, après ce qui s'est passé tout à l'heure ? De toute façon, je ne peux pas, Maman, je ne veux pas qu'Antoine tombe sur ce carnet. C'est mon carnet…

— Jade, je ne comprends pas bien ce qu'il se passe, mais tu ne crois pas qu'il serait peut-être temps que tu parles à Antoine ? Je veux dire, que tu lui parles calmement, pas comme cette après-midi ? Juste tous les deux, sans tout le monde autour ?

— Maman, j'ai besoin de mon cahier.

Agnès jeta un regard désemparé à sa fille. Que diable s'était-il passé entre Antoine et elle pour qu'elle réagisse ainsi ? Évidemment, il y avait aussi la terrible douleur de la perte de Louise mais… Qu'avait-il bien pu se passer dans la vie de sa fille ces derniers temps ? Elle ne la reconnaissait plus. L'accouchement était imminent, il était temps qu'Antoine et Jade se parlent !

— Ma puce, écoute, je vais aller t'acheter un nouveau carnet, d'accord ? Pourquoi tu ne te reposerais pas un peu, en attendant ?

— Me reposer ? J'ai toute la mort pour me reposer. Regarde, Louise, elle, elle se repose. Moi, j'ai pas envie de me reposer. Je t'accompagne.

— Oui, enfin là il est quand même 22 h 30, ça attendra demain. Allez, viens participer à un atelier de cuisine nocturne avec ton père, ça te détendra.

Pascal avait toujours su calmer les crises d'angoisse de sa fille, il y était habitué. Depuis qu'elle était toute petite, Jade avait du mal à réprimer ses émotions et, souvent, le flot de ses peurs parfois irrationnelles débordait et seul son père parvenait à l'apaiser en l'incitant à lui parler, lui expliquer, et en lui démontrant que chaque problème avait sa solution. Le noir l'angoissait ? Elle n'avait qu'à s'endormir avec la lumière et il viendrait l'éteindre dans la nuit. Elle avait fait un cauchemar ? Elle n'avait qu'à lire un chapitre ou deux d'un livre pour penser à autre chose. Elle avait peur de ne pas être dans la même classe que ses copines la veille de la rentrée ? Elle n'avait qu'à s'endormir au plus vite, pour se réveiller le lendemain matin et être fixée plus rapidement.

Ce soir-là, pas besoin de mots entre eux. Ils se mirent à cuisiner de concert, elle de la pâtisserie, lui un plat pour le lendemain. La présence de son père suffit à rassurer Jade et à atténuer l'angoisse qui alourdissait son cœur.

Même s'il la lui avait tue, Pascal avait aussi une angoisse à surmonter : il venait de prendre conscience qu'un jour il pouvait perdre sa fille.

CHAPITRE 94

Samedi 20 octobre

Tu me manques.

Tu me manques tellement.

J'espère que tu es partie en étant consciente de la belle personne que tu étais, ma Loulou.

Si tu savais comme je m'en veux de savoir que tu es partie sans que j'aie pu tout t'expliquer...

Pourquoi t'es-tu fait enterrer plutôt qu'incinérée ? Était-ce ton choix, ou celui de tes parents ? Dire que nous n'avons jamais évoqué le sujet. Nous avions le temps... du moins, le pensions-nous.

Malgré les obsèques, malgré le cercueil, malgré la cérémonie... je n'arrive pas à croire que je ne te reverrai jamais.

Est-ce que tu as vu le monde qui était présent pour toi ? C'est un truc dont on a parlé souvent, ça. Un délire de gamines : et si l'on jouait à imaginer les réactions de nos proches lors de notre enterrement ? À bien y réfléchir, Paul était la personne sur qui miser : le mec fort qui tient sa famille à bout de bras, et qui s'effondre dans l'intimité.

Est-ce que tu as pu assister à tout ça ? Est-ce que tu lis ce que je t'écris en ce moment même ? Est-ce que tu es encore là, quelque part, bloquée entre deux mondes le temps d'accomplir une mission, comme Patrick Swayze dans *Ghost* ? Ce film... ce film qu'on a tant et tant regardé, toi et moi. Je ne suis pas certaine de pouvoir le revoir un jour.

(...)

Bon, en fait, deux heures ont passé. J'ai re-regardé le film. Et j'ai pleuré comme une madeleine. Et si tu étais vraiment bloquée et si je n'arrivais pas à t'entendre me parler ? Et si tu ne parvenais jamais à jeter la canette pour me délivrer le message que tu as besoin que j'entende ?

Une idée me vient. Et si tu n'assistais jamais à ma réconciliation avec Antoine ? Et si... et s'il n'y avait jamais de réconciliation ?

Au moins, je me dis que tu es morte en ignorant...

Oh mon Dieu. Et s'il te l'avait dit ? Est-ce que tu le savais ? Tape une fois sur le mur pour me dire oui et, sinon, abstiens-toi.

Bon. Tu n'as rien fait. Je n'ai pas entendu de bruit. Soit tu n'as pas encore les pouvoirs de Patrick Swayze, soit tu n'es au courant de rien. Ou alors, je deviens folle et je crois pouvoir communiquer avec l'au-delà, c'est une possibilité à ne pas exclure.

Le plus dur, c'est peut-être de continuer à penser que tu vas finir par m'appeler à n'importe quel moment pour me proposer une sortie mojitos, ou m'annoncer que tu as trouvé un nouveau mec, « mais attention cette fois c'est du sérieux ».

Non. Le plus dur, c'est peut-être tout simplement de me dire que la seule personne qui pourrait comprendre ce que je traverse et m'aider, c'est toi, et que tu ne peux même plus être présente.

Est-ce que je t'en veux ? Pas autant qu'à moi.

J'ai l'impression que mon cœur est amputé de la moitié de lui-même. Là encore, pardon, c'est de mauvais goût, quand on sait que c'est ce foutu sein qui t'a ôté la vie. Un sein qui n'était même plus là ! Une tumeur qu'on t'a arrachée et qui t'a tuée, mais comment est-ce possible... Tu vivais très bien avec et... le jour où l'on t'a séparée d'elle a signé ton arrêt de mort.

CHAPITRE 95

Dimanche 21 octobre

AUJOURD'HUI, j'ai tapé « éloge funèbre » sur Internet. Une recherche que j'aurais dû effectuer avant de prendre la parole à l'église et de te rendre un dernier hommage. C'est un peu trop tard, maintenant que la cérémonie est passée, mais... mieux vaut tard que jamais, dit-on.

J'espère que tu ne m'as pas trouvée trop ridicule. J'ai fait de mon mieux, pour toi.

Tu me manques tant.

CHAPITRE 96

Mardi 23 octobre

À QUI L'ON ÉCRIT, lorsque sa meilleure amie est morte et qu'elle était la seule personne à qui l'on aurait pu se confier ? Je suis pleine de doutes. Alors... je me suis dit que j'allais écrire toutes les questions que je me posais. Peut-être que d'autres pourront me répondre.

Dois-je écrire à Antoine ?

Est-ce que tout est fini ?

Si oui, pourrai-je continuer à vivre sans lui ? Réussirai-je à ne pas comparer sans cesse ma vie avec celle que je menais avec lui ?

Est-ce que la péridurale est douloureuse ?

Est-ce que l'épisiotomie est obligatoire ?

Et surtout, la plus importante : est-ce que c'est vrai que toutes les femmes se vident sur la table d'opération ?

Tu saoules, Louise, il n'y a vraiment qu'à toi que je pouvais poser ce genre de questions.

J'en ai une dernière. Tu sais, toi, pourquoi on appelle le jour de l'accouchement, la « délivrance » ?

Moi, non.

Pourquoi on n'a jamais parlé de ça, dis ?

CHAPITRE 97

Mercredi 24 octobre

LOULOU, TU SERAIS FIÈRE DE MOI. J'ai pris mon Google à deux mains et j'ai recherché les réponses aux questions que je t'ai posées hier. Je viens donc partager mon tout nouveau savoir avec toi.

Il se trouve que, non, la péridurale n'est pas douloureuse.

L'épisiotomie n'est absolument pas obligatoire, en réalité elle est nécessaire dans 3 % des cas alors qu'on la pratique sur près de 27 % des accouchements en France ! Heureusement, j'ai découvert que, grâce à la loi*, je pouvais demander à ne pas subir une épisiotomie. J'ai eu le malheur de lire toutes les conséquences et les effets secondaires indésirables sur des forums de jeunes mamans, il y a de quoi être traumatisée et choisir l'abstinence pour le reste de sa vie.

* Loi Kouchner du 4 mars 2002 : « Aucun acte médical ni aucun traitement ne peut être pratiqué sans le consentement libre et éclairé de la personne, et ce consentement peut être retiré à tout moment. »

Et enfin : *a priori*, on ne se vide pas sur la table. C'est du moins ce que prétend YoungMummy75 et j'ai fait le choix de la croire même si 351 réponses à son message sur Doctissimo disent le contraire. Je n'ai besoin que d'une seule réponse et j'ai choisi la sienne.

À ton tour de répondre à toutes les interrogations que je me pose sur la vie après la mort :

Déjà, mourir, est-ce douloureux ?

Le fameux tunnel blanc dont tout le monde parle existe-t-il réellement ?

Retrouve-t-on tous les gens que l'on aime dans « l'au-delà » ? Et même ceux que l'on n'aime pas, d'ailleurs ? Je pense à ce vieil oncle un peu pervers qu'on aimerait mieux ne jamais revoir...

Si cet espace existe vraiment, ne manque-t-on pas un peu de place ?

Est-ce que tout le monde arrête de vieillir et garde l'âge qu'il avait au moment de la mort, ou est-ce qu'on a le droit de choisir l'âge auquel on veut être conservé pour l'éternité ?

Comment cela se passe-t-il pour les enfants ? Continuent-ils de grandir, ou restent-ils enfants pour toujours ?

A-t-on encore besoin de dormir, une fois que l'on est mort ?

Bon courage dans l'au-delà, ma Loulou.

CHAPITRE 98

Lundi 29 octobre

Aujourd'hui, Maman a voulu que je prenne l'air. J'ai mis le nez dehors, et je l'ai suivie, sans comprendre où l'on allait. Elle m'a conduite jusqu'au cinéma, et nous sommes allées voir un film à l'eau de rose. Deux heures de vide dans ma tête avec pour seule préoccupation l'histoire qui se déroulait sur grand écran.

Dans la salle, il y avait deux adolescentes, elles devaient avoir entre 15 et 18 ans. Je n'ai jamais été très douée pour deviner l'âge des gens, encore moins des ados. Avant la séance, elles ont pris des selfies rigolos avec des filtres, probablement diffusés ensuite sur Snapchat. Elles partageaient le même paquet de pop-corn. Je les ai regardées et je nous ai vues quelques années plus tôt lorsque ta mère nous déposait au ciné avec vingt euros en poche et qu'on se sentait tellement riches ! Ça m'a fait sourire. Je crois bien que c'était la première fois depuis ton départ. Ça a fait plaisir à Maman.

J'écris de moins en moins. Tout me semble futile, rien n'est bien intéressant dans ma vie. Je me dis que tu mérites bien plus extraordinaire comme récit qu'une sortie au cinéma. Ma Loulou, sache que je ne t'oublie pas. Tout me rapproche de toi, tout te rappelle à moi.

NOVEMBRE

CHAPITRE 99

Jeudi 1er novembre

PREMIÈRE JOURNÉE DE NOVEMBRE. *El día de los muertos*, comme on dit au Mexique.

Encore trop tôt pour t'associer à cette première journée, ma Loulou. Il m'est impossible d'accepter l'idée que je te rendrai visite tous les prochains 1er novembre à venir. Impensable d'imaginer ce premier 1er novembre sur ta tombe.

Tu sais, je dois t'avouer quelque chose. Je me suis mise à parler au bébé. Je ne sais pas quand j'ai commencé mais j'étais en train de prendre une douche ce matin et, subitement, je me suis rendu compte que j'étais en train de m'adresser à mon ventre. Je me demande si je ne fais pas un transfert. Et si j'envoyais à ce melon l'amour que je te porte ? Après tout, ce serait loin d'être une mauvaise chose... non ?

Je suis déroutée par la puissance de ce que j'ai ressenti à ce moment-là. J'ai l'impression que tu vis à travers ce bébé qui vit en moi. C'est comme si une partie de toi était en lui ou en elle, et le restera. Alors je n'ai pas le droit à l'erreur. Je me dois d'être la meilleure mère qu'un enfant puisse rêver d'avoir, à l'image de celle que tu aurais été si tu avais pu vivre suffisamment longtemps pour à ton tour porter un enfant.

Jade fut interrompue par son père qui frappait à sa porte. Depuis plus de quinze jours, ses parents défilaient à tour de rôle pour lui donner à manger, lui rappeler de prendre sa douche, lui recommander de sortir s'aérer. Mais rien n'y faisait. À quelques rares exceptions près, Jade ne s'adonnait qu'à deux activités : dormir et écrire. Ses parents avaient usé de nombreux stratagèmes, allant des pleurs de sa mère aux injonctions de son père, la priant de se nourrir, pas uniquement pour elle-même, mais également pour le bébé qu'elle portait.

Rien n'y avait fait.

Elle avait seulement consenti à accompagner sa mère au cinéma, pour qu'on lui accorde la paix quelque temps.

Mais ce matin du 1er novembre, son père n'était pas seul sur le seuil de sa porte.

Antoine était avec lui.

Antoine. Son regard embué de larmes. Ses doigts fins. Ses cheveux en bataille. Sa bouche pincée. Antoine était là. Et le premier mot qu'il prononça fut « Pardon ».

CHAPITRE 100

Deux jours plus tôt

Depuis la cérémonie, Antoine n'était pas retourné au bureau. Pour rien au monde, il n'aurait voulu croiser son cousin. Il était allé faire des courses ce soir-là et ce n'est qu'à une heure très avancée de la nuit qu'il eut la surprise de découvrir un message vocal sur le répondeur de son téléphone fixe. Manifestement, il datait de plusieurs jours. Mais il était tellement rare que quelqu'un les – ou plutôt « le », désormais – contacte sur cette ligne qu'il n'avait pas songé à vérifier plus tôt. Il appuya machinalement sur le bouton *play* pour écouter et entendit vibrer la voix de sa belle-mère.

« Antoine, c'est Agnès. Je sais que tu traverses une épreuve difficile, c'est très éprouvant pour Jade, aussi. Je t'appelle justement à son sujet, elle a oublié un carnet chez vous auquel elle semble beaucoup tenir. Est-ce que tu pourrais l'envoyer à notre adresse, s'il te plaît ? Je crois que ça lui ferait du bien, je te remercie par avance. Une dernière chose, Antoine. J'ignore ce qui s'est passé entre vous mais elle a besoin de toi. Elle attend ton enfant, mon chéri. Parlez-vous. Je sais que vous pouvez arranger cela. Je t'embrasse, prends soin de toi et de ta famille. »

Ses parents n'étaient donc pas au courant que Jade ne portait pas « son » enfant ? Elle lui laissait endosser le mauvais rôle, bien évidemment. C'était tellement plus facile.

Et que disait la seconde partie du message, déjà ? Un carnet ? Quel était donc ce cahier dont il n'avait absolument jamais entendu parler et qui semblait pourtant revêtir une importance capitale aux yeux de la femme qui avait partagé sa vie pendant tant de temps ? Cette femme qu'il ne reconnaissait plus ? Où pouvait-elle bien l'avoir planqué ?

Il avait mieux à faire que ça, bon Dieu ! Il n'allait quand même pas se soucier du bien-être de Jade après ce qu'elle lui avait fait… si ?

En y réfléchissant quelques secondes, une unique cachette s'imposa dans son esprit. Il n'y avait qu'un seul endroit où Jade pouvait avoir dissimulé quelque chose sans qu'il ne s'en soit rendu compte.

En promenant machinalement ses doigts sur les livres rangés dans la bibliothèque, Antoine tomba sur l'objet de ses recherches. Il le saisit et découvrit de nombreuses pages noircies. Sans pouvoir s'en empêcher, il commença sa lecture :

Annie m'a conseillé de me mettre à écrire. Cette femme m'impressionne. C'est comme si elle lisait entre les lignes, comme si elle parvenait à déchiffrer l'insondable. Je m'imagine qu'elle a réussi à percer mon secret à jour alors que je ne la connaissais que depuis une vingtaine de minutes. Je l'ai rencontrée aux Femmes de Paris, l'association dans laquelle ma nouvelle stagiaire, Andréa, fait du bénévolat. Elle a l'air d'avoir un lourd vécu, je crois que son mari la battait. Je pense aussi que c'est une personne très à l'écoute. Mais pourtant, je comprends difficilement son conseil. Je n'ai rien à voir avec ces femmes. J'ai Antoine. Antoine est un homme merveilleux, jamais il ne me ferait de mal. Antoine est l'homme de mes rêves. Je l'aime. J'ai beaucoup de chance de l'avoir.

Pourquoi… pourquoi est-ce que je lui mens ? Pourquoi suis-je incapable de lui dire la vérité ?

Pourquoi ai-je suivi le conseil d'Annie ?

« Ce n'est pas ça, aimer quelqu'un, Jade » prononça Antoine à voix haute. Comme s'il n'était pas seul. Comme si Jade était là et pouvait l'entendre.

Alors qu'il allait le refermer, Antoine remarqua que le carnet pouvait être retourné, et que Jade avait également écrit en commençant par la fin.

C'était un lundi.

Le 20 février. Comment oublier ?

Et pourtant, j'aimerais tant…

J'étais malade. Un rhume, rien de grave, ça m'arrive souvent, j'ai toujours eu la gorge fragile. La veille, on s'était baladés dans Montmartre avec Antoine, j'avais oublié mon écharpe. Il faisait un peu froid. En me réveillant, j'avais tout de suite compris que j'étais malade, je ne me sentais pas la force de passer la semaine dans cet état. D'autant qu'un inspecteur d'Académie venait dans ma classe quelques jours plus tard, il fallait absolument que je sois en forme pour l'accueillir.

Mon médecin ne consultait pas, son agenda était plein. Alors j'ai ouvert cette application qui permet de trouver un médecin à proximité, avec des créneaux horaires disponibles pour des consultations rapides. J'en ai trouvé un près du boulot. Un docteur de 60 ans spécialisé dans l'acupuncture. Pourquoi pas. J'avais déjà utilisé cette appli, je n'ai pas hésité. J'y suis allée.

Quand je suis sortie, je me suis rendu compte que j'avais oublié mon ordonnance sur son bureau. Plutôt crever que d'y retourner.

Plutôt crever que de le revoir.

Plutôt crever que de revivre ça.

Plutôt crever.

Pourquoi pas crever ?

Ce jour-là.

Tout le monde dit qu'on se souvient de tout, de ce que l'on portait, de ce que l'on a dit, de ce que l'on a fait. Tout le monde dit que les mots restent gravés, que l'on se rejoue le film, que rien ne disparaît, que l'on passe des jours à imaginer ce que l'on aurait pu faire, comment on aurait pu réagir, des semaines à s'en vouloir, des mois à regretter de ne pas s'être comporté différemment. Des années. Tout le monde dit que l'on se lave à sang pour effacer le souvenir des empreintes sur la peau.

Pas moi.

Moi, je ne me souviens de rien. Ni de ce que je portais, ni des visages que j'ai croisés, ni même de l'endroit précis où c'était. Je ne me souviens pas du cabinet, je ne me souviens pas de son visage, je ne me rappelle même pas la ligne de métro que j'ai prise ou du nombre de stations qu'il m'a fallu pour rentrer chez moi. Je n'ai pas pris de douche, je suis rentrée et je me suis endormie pour oublier.

Ce dont je me souviens, ce sont les gestes, ce sont les mots. L'ordre dans lequel les choses se sont déroulées.

Ce dont je me souviens le plus, c'est de ce que j'ai ressenti, pile à ce moment-là.

Je me souviens de cette sensation que quelque chose n'allait pas. Je me souviens de mon malaise, de mon impuissance, je me souviens d'avoir eu une sorte d'intuition, d'avoir presque vu à l'avance ce qui allait se passer. Et surtout, d'avoir été paralysée. Je me souviens l'avoir regardé et de m'être dit : « C'est un médecin, je suis malade, il sait ce qu'il fait. » Je me souviens de ça : de ma confiance aveugle en sa profession, des signaux d'alerte de mon cerveau que je n'ai pas écoutés.

Je me souviens que ses mains étaient froides lorsqu'elles ont touché mon dos. Lorsqu'elles ont caressé mes seins, et franchi la frontière de ma culotte. Tout était froid, même la table de consultation, le cabinet, et la salle d'attente.

Je ne me suis même pas débattue.

J'étais tétanisée.

Je n'ai rien fait. Je n'ai pas crié. Bien sûr, j'ai dit non. Non, non, non. J'ai bien tenté de me dégager, mais lorsque j'ai compris que ce serait inutile, qu'il était plus fort que moi, qu'il gagnerait, je me suis laissée flotter. Je crois que je pleurais. Lorsqu'il m'a maintenue fermement contre la table, j'étais déjà hors de mon corps, à regarder la scène d'un œil extérieur. Je contemplais ma propre existence en train de se briser.

Je pensais qu'il suffirait de ne rien dire à Antoine. À quoi bon ? Quel était le but ? Cela lui aurait fait tellement de mal de l'apprendre. Je ne voulais pas lui infliger ça.

J'ai écrit une lettre à l'Ordre des médecins, et j'ai placé le tout sous silence, dans un coin de ma tête, un recoin inaccessible et oublié, emmuré dans le silence et protégé par l'oubli.

Pourquoi pas crever ?

Et puis, Antoine est rentré, Antoine était là.

Crever signifiait ne plus jamais revoir Antoine. Crever, c'était un peu comme tuer Antoine. Tuer Antoine parce qu'il ne se remettrait pas de ma mort, non plus.

Alors je n'ai rien fait.

J'ai repensé à ma tante.

J'ai repensé à Rupi Kaur.

J'ai repensé à Anne Tonglet et à Araceli Castellano*.

J'ai repensé à Rahima, l'héroïne du roman de Nadia Hashimi**.

J'ai repensé à ma prof de français, quand j'étais en première.

J'ai repensé à toutes ces femmes avec qui j'avais désormais cette chose en commun. Tous ces chiffres, ces statistiques que j'allais faire gonfler à mon tour.

Si elles ont survécu à ça, pourquoi pas moi ?

Oui, il fallait vivre.

Ou plutôt survivre.

Compter chaque pas que l'on fait, qui nous éloigne un peu plus de ce moment.

Compter chaque respiration.

---

* L'affaire Tonglet-Castellano date de 1974 et marque un tournant fondamental au sein de la législation française. Le procès des deux victimes a permis d'inscrire le viol en tant que crime et non plus seulement en tant que délit au sein du code pénal français. Depuis lors, le viol est condamnable de quinze ans de réclusion criminelle.

** Nadia Hashimi, *La Perle et la coquille*, Milady, 2015.

Compter chaque jour qui passe.

J'ai cru pouvoir oublier, quand deux mois plus tard le véritable enfer a commencé.

À nouveau, un médecin qui allait briser ma vie une deuxième fois, avec ses sept petits mots.

« Félicitations, madame Loiseau. Vous allez être maman. »

Enceinte.

De six semaines.

Enceinte.

Depuis le 20 février.

CHAPITRE 101

Jeudi 1er novembre

— Pourquoi tu ne m'as rien dit ?

Jade nota l'évolution dans son interrogation. Ce n'était plus le « Pourquoi m'as-tu menti ? » du fameux jour où il avait surpris sa conversation avec Paul dans le bureau. « Pourquoi tu ne m'as rien dit ? ».

Il tenait son carnet noir entre les mains.

Il sait.

Il a lu.

Le temps de la vérité était venu. Le moment qu'elle avait tant redouté était arrivé. Elle qui aurait voulu enfouir tout cela en elle pour toujours… Elle venait de comprendre que le mensonge l'avait encore plus consumée et qu'il était temps de parler.

— Je ne voulais pas me considérer comme une victime. Et j'ai souhaité t'épargner, Antoine. Je ne voulais pas que cet événement me définisse. Si j'avais parlé, je crois que le reste du monde m'aurait vue par ce prisme et je n'avais pas envie que les choses changent. Surtout, je ne voulais pas que le regard que tu portes sur moi change. Je ne voulais pas que les gens aient pitié de moi, je ne voulais pas qu'on se mette à pleurer mon sort, je ne voulais pas qu'on prenne des pincettes avec moi. Je ne voulais pas qu'on en vienne à ne plus aborder la question du viol, du harcèlement de rue, du féminisme en général devant moi par peur de me heurter. Je ne voulais pas du mépris des flics, non plus, en allant porter plainte. La seule chose que je voulais, c'était oublier, et vite. Et survivre. J'ai écrit une lettre, d'abord, que j'ai envoyée à l'Ordre des médecins de Paris. Je pensais que ça suffirait. Parce que même si je ne voulais pas que ça aille plus loin, même si je ne voulais pas de toute cette procédure judiciaire, même si je refusais tout le scandale public qui ne manquerait pas d'en découler… je voulais laisser une trace. Au cas où il y en aurait d'autres après moi.

— Mon amour… tu aurais dû m'en parler.

— Tu n'as pas le droit de me dire ça ! Parce que si j'ai bien appris une chose avec toute cette merde : c'est que j'ai le droit de choisir. J'ai le droit de me taire, mais j'ai aussi le droit de ne pas en parler si je ne le veux pas. En revanche, ce dont je n'avais pas le droit, c'était de te cacher la vérité. Parce que j'ai mis notre couple en danger. Et pour ça, je te demande pardon.

— J'ai cru… j'ai cru… J'ai cru que tu avais une liaison avec Paul.

— Je sais ce que tu as cru. Et je suis désolée, je n'aurais pas dû te laisser le croire. J'aurais dû te parler tout de suite, rétablir la vérité. Mais je n'y arrivais pas. C'était plus simple, au fond, de te laisser croire ça. Car la réalité était encore plus sordide, et je n'avais pas envie que tu t'en veuilles, que tu te remettes en question, que tu sois en colère. Et, par-dessus tout, je voulais te protéger, je ne voulais pas que tu souffres.

— Alors, tu as préféré te confier à ce carnet.

— Oui, c'est vrai. Je crois que… J'avais vraiment besoin de tout sortir. Mais pour moi, pour me libérer. La lettre adressée à l'Ordre des médecins était purement factuelle, alors que, dans ce carnet, j'ai voulu écrire ce que je ressentais. Et d'autre part... je pense qu'inconsciemment, je voulais que quelqu'un l'apprenne. Que tu le découvres peut-être.

— Mais alors... pourquoi... pourquoi Paul ? Pourquoi Paul était-il au courant, et pas moi ?

— Je n'ai pas choisi de le dire à Paul, tu sais... Quand ça s'est produit, ce jour-là, directement après être sortie du cabinet du docteur, j'ai pris le chemin de ton bureau. Le monde s'était arrêté de tourner et j'avais besoin de te voir. Je comptais tout te raconter. Je pleurais beaucoup, je crois, j'ai beaucoup de mal à me souvenir. Ma mémoire est assez floue sur ces quelques heures. Tout ce que je sais, c'est que tu n'étais pas là, tu avais un rendez-vous à l'extérieur, et c'est Paul qui m'a ouvert. Je n'ai pas réfléchi, je lui ai parlé. Et quand j'ai vu son regard changer... quand j'ai vu cette douleur, cette pitié dans ses yeux... j'ai su que je ne pourrais pas supporter de voir la même chose chez toi. J'ai changé d'avis, et je l'ai supplié de ne rien te dire. Surtout, ne lui en veux pas, c'est moi qui lui ai demandé de se taire.

— Si seulement j'avais été là ce jour-là. Si seulement je ne m'étais pas rendu à ce putain de rendez-vous à la con avec je ne sais quel client.

— Tu ne pouvais pas savoir, Antoine...

— Tu te rends compte de ce que ce dingue t'a fait ? De ce qu'il nous a fait ?

— J'ai cru prendre le dessus. J'ai cru contrôler la situation. Bien sûr, jamais je n'aurais cru que je tomberais enceinte. Et quand je l'ai appris... Je ne pensais pas que mon corps garderait ce bébé. Pas après ce qui était arrivé au nôtre... Je pensais qu'il partirait de lui-même. Que mon corps n'accepterait pas de l'accueillir. Mais le destin s'est acharné ou a décidé de me jouer un tour... J'ai perdu notre enfant, celui que nous avons conçu par amour, et j'ai gardé la vie que ce monstre a mise en moi. Et puis... Louise est partie et... tout a changé. Je crois que j'ai commencé à ne plus en vouloir au bébé. Il n'y a jamais été pour rien dans tout ça, aussi dingue que ça puisse sembler.

J'ai cru que tu ne l'apprendrais jamais, que tu serais heureux, j'ai cru que j'arriverais à me mentir à moi-même. Je me suis trompée. Si tu savais à quel point je m'en veux...

— Jade, tu n'as pas à t'en vouloir. Jamais. Tu n'es pas responsable de ce qui s'est passé. Mais... Mais, malgré tout, tu aurais dû m'en parler. On aurait pu prendre une décision ensemble. Au lieu de ça, tu t'es murée dans le silence, et tu m'as menti pendant des mois. Et ça, je ne sais pas si j'arriverais à te le pardonner un jour.

Le cœur de Jade se meurtrit à ses mots. Elle n'avait jamais véritablement cru qu'Antoine pourrait lui pardonner d'avoir menti, elle savait qu'elle avait brisé sa confiance, c'était l'une des raisons pour laquelle elle s'était enfermée dans son mensonge. Mais l'entendre de sa propre voix anéantissait le moindre petit espoir qui aurait pu subsister en elle.

— Il y a une dernière chose qu'il faut que tu saches.

Alors Jade lui raconta ce coup de fil de la police judiciaire, cette convocation qui était très probablement liée à la lettre qu'elle avait écrite à l'Ordre des médecins.

— Le rendez-vous est pour demain. J'avais demandé à Paul de m'accompagner, car je ne me sentais pas la force d'y aller seule... J'aimerais que tu viennes avec nous.

— Je ne sais pas, Jade... Honnêtement, je ne sais pas. J'aimerais vraiment pouvoir te dire oui, t'accompagner, avoir cette force. Tu sais que je t'aime encore ; mon amour pour toi n'a pas disparu en un claquement de doigts. Mais c'est justement parce que je t'aime que je souffre autant de ton silence. Je suis vraiment blessé par tout ce que tu as vécu, j'aurais aimé être là pour toi pendant tout ce temps, j'aurais aimé que tu n'affrontes pas ce drame seule. J'aurais aimé que tu aies suffisamment confiance en moi pour me parler, pour tout me dire. Mais je ne suis pas celui à qui tu t'es confiée, à qui tu as tout dit d'un drame aussi important. Et je ne sais pas si je peux supporter l'idée de partager mon avenir avec quelqu'un qui ne me parle pas de quelque chose d'aussi grave et d'aussi important. Pardon, Jade, mais je ne pourrai pas t'accompagner demain.

— C'est moi qui te demande pardon... Pour tout.

CHAPITRE 102

AVANT DE QUITTER LA MAISON, Antoine remit à Jade le petit carnet noir. Elle ne le prit pas en main, se contentant de le laisser posé sur le lit. Antoine partit en la confiant à ses parents, avec beaucoup de pudeur et de délicatesse. Agnès tenta de le retenir, mais il refusa de rester plus longtemps. Elle n'insista pas.

Jade et ses parents firent la cuisine, ensemble, tous les trois, dans un silence éloquent. Si la discussion avait été ouverte entre elle et Antoine, la barrière à franchir pour expliquer au reste du monde, à commencer par Agnès et Pascal, semblait s'apparenter à une épreuve que Jade n'était pas encore prête à surmonter. Une fois de plus, personne ne posa de questions. Tout le monde avait bien compris qu'un changement était en cours mais qu'il ne fallait pas brusquer les étapes. Peut-être. Ou peut-être que ses parents ne comprendraient jamais car elle ne leur dirait rien et qu'ils ne chercheraient pas à en savoir plus pour autant.

La seule chose qu'elle concéda à leur avouer fut qu'elle était attendue le lendemain pour un rendez-vous qu'elle ne pouvait pas manquer. Elle ne précisa pas que c'était en lien avec le bébé. À nouveau, plus que tout, elle souhaitait éviter qu'ils ne lui posent trop de questions, alors qu'elle n'était pas encore prête à leur fournir les réponses.

Jade et son ventre rond s'endormirent dans sa petite chambre d'enfant. Cette nuit-là, elle fit la paix avec son propre corps, le caressant et le berçant, découvrant presque naïvement les rondeurs de sa maternité. Elle pensa à combien elle aurait aimé se réapproprier ce qu'elle avait oublié d'Antoine. Son corps lui manquait. Elle avait l'habitude de s'endormir contre lui chaque nuit. Désormais, elle se sentait terriblement seule en pleurant silencieusement ce moment qui n'arriverait peut-être plus jamais.

Au réveil le lendemain matin, Jade se prépara pour son rendez-vous. Elle avait presque failli oublier cette convocation qui semblait remonter à un siècle auparavant, avant que l'impensable ne se produise. Mais impossible d'ignorer le rappel qui faisait clignoter son portable depuis la veille. Pascal lui prit la main. Il n'avait pas besoin d'explications pour comprendre l'agitation de sa fille. Même si rien ne s'éclairait pour lui, le besoin de témoigner son soutien à Jade était fort. Si le temps des questions n'était pas encore ouvert, par cette simple pression de la main, il voulait lui signifier qu'il serait toujours son père, et qu'il serait toujours présent pour elle.

Antoine, de son côté, s'était réveillé tôt lui aussi dans leur petit appartement et pensait à Jade. Au cours des prochains jours, semaines, mois à venir, il allait devoir tenter de faire face à une foule de questions qui nourrissaient à la fois sa colère et sa culpabilité : comment avait-il pu passer à côté des signaux pourtant évidents, comment avait-il pu croire sa femme capable d'une telle trahison, comment n'avait-il pas compris plus tôt, par lui-même ? S'il n'avait pas pardonné le mensonge de Jade – il lui en voulait terriblement et ignorait que Jade s'en voulait davantage encore –, il ne se pardonnait pas non plus lui-même.

Jade retrouva Paul devant le bâtiment de la police judiciaire. Elle allait devoir se replonger dans ses souvenirs devant lui, sans trembler, sans faillir. Et elle avait beau redouter cette épreuve, elle avait beau redouter plus que tout de poser les mots à voix haute pour la première fois, elle savait qu'on la croirait. Et cela lui donnait une confiance incroyable. Après tout, elle détenait la preuve vivante en elle de ce qui s'était réellement passé dans ce cabinet, le 20 février.

Cependant, avant de se mettre en route, Jade avait encore un coup de fil à passer.

CHAPITRE 103

— POURRIEZ-VOUS ME DÉCRIRE LES FAITS une dernière fois, avec précision ? Et n'hésitez pas à me dire ce que vous avez ressenti, donnez-moi le maximum de détails dont vous vous souvenez. C'est le moment ou jamais, avant de signer votre déposition.

Deux heures. Deux heures que ce calvaire durait et semblait ne pas prendre fin. Au moment d'entrer dans la salle d'audience, Jade avait été incapable d'accepter la présence de Paul, qui avait immédiatement compris sa réticence. Seule Annie, que Jade avait contactée en début de journée, avait été autorisée à l'accompagner. Sa présence était apaisante. Jade ne lui avait rien raconté, se contentant d'un vague « Tu peux venir ? C'est important, tu comprendras, je te promets que je t'expliquerai tout » auquel Annie s'était empressée de répondre favorablement.

Grâce à cette main qu'elle ne cessait de serrer, Jade n'avait pas pleuré. Elle n'avait pas bafouillé, non plus. Elle s'était exprimée clairement, se replongeant avec distance dans les souvenirs de cette journée maudite. Elle se souvenait de beaucoup de détails, mais certaines questions l'avaient déroutée. Elle avait appris que d'autres femmes avaient été agressées par le même homme. Qu'il était question de cinq femmes, et que seule la dernière avait porté plainte. L'une d'entre elles était enceinte au moment des faits. Elles avaient toutes été retrouvées grâce à leur lettre dénonciatrice envoyée à l'Ordre des médecins dans un sursaut de conscience. Les témoignages étaient accablants, celui de Jade le serait d'autant plus. Elle n'avait évidemment pas échappé à la question de la paternité de l'enfant qu'elle portait. Ça avait été le seul moment où elle avait gardé le silence quelques secondes, faisant le point avec elle-même, pesant le pour et le contre, avant de dire la vérité qu'elle avait trop longtemps gardée pour elle. Dès la naissance, le bébé allait subir un test de paternité et le résultat serait déterminant dans l'enquête. Elle avait accepté.

Annie avait gardé le silence, découvrant au fur et à mesure de la déposition l'ampleur de sa méprise. Elle comprenait la distance de Jade envers Antoine, son infinie solitude face au poids de ce secret, sa soudaine implication dans l'association, son bouleversement lors des rencontres avec chacune de ces Femmes de Paris. Et le séisme de la disparition de sa confidente de toujours à qui elle avait pourtant tu le secret de sa vie. Dans ce silence, la main cramponnée à celle de Jade, Annie comprenait, et son cœur se serrait de douleur devant l'immense gâchis que tout cela était. Notamment pour le couple que formaient Jade et Antoine.

Une seule question avait ébranlé Jade. « Madame, vous avez conscience que le père biologique, votre agresseur, peut exiger un droit de visite ? » Elle avait occulté cette absurdité. Ce déni évident n'avait pas échappé à Annie. Le moment venu, elle essaierait de trouver les mots pour en parler à Jade.

Enfin, les deux femmes retrouvèrent Paul dans le couloir où il les attendait. Dans la précipitation et le stress de cette audience, Jade n'avait pas fait les présentations, aussi proposa-t-elle un verre pour que sa si précieuse alliée de ces derniers mois et Paul se rencontrent.

Plutôt que de s'appesantir sur cet entretien éprouvant, ils parlèrent d'Annie, de son histoire, des enfants qu'elle n'aurait jamais. Ils évoquèrent Louise, le cancer, la politique, la médecine, le racisme, l'injustice, les syndicats, les miracles, Jésus. Ils parlèrent même du bébé panda qui venait de naître au zoo de Beauval.

La soirée s'achevait lorsque Jade demanda pardon à Annie. Pardon de ne pas s'être confiée à elle quand celle-ci lui ouvrait la porte, pardon de ne pas lui avoir parlé plus tôt, pardon de ne pas avoir été plus forte.

— C'est moi qui te demande pardon. Pardon de ne pas avoir compris, pardon d'avoir mal interprété. Tu es une personne formidable et ta Louise serait fière de toi.

Elle n'aurait pu avoir de mots plus touchants. Enfin, les larmes retenues depuis si longtemps coulèrent sur les joues de Jade.

CHAPITRE 104

DÈS LE LENDEMAIN, LA VIE REPRIT SON COURS.

Il restait à peine vingt jours pour monter les meubles et acheter les derniers éléments indispensables pour l'arrivée du bébé. Antoine avait proposé à Jade d'occuper leur appartement où elle serait plus tranquille avec son enfant, sans lui dire où il s'installerait en attendant. Leurs contacts étaient rares, Jade en souffrait beaucoup mais comprenait. Elle savait qu'elle avait causé suffisamment de mal à Antoine pour respecter de ne plus apparaître dans sa vie sans son accord. Ils n'avaient pas évoqué l'avenir de leur couple depuis leur dernière rencontre et Jade préférait l'occulter. Une fois de plus, elle adoptait la politique de l'autruche, n'affrontant pas la vérité de peur de trop souffrir. De toute façon, elle était bien occupée : le bébé serait bientôt là.

Une véritable course contre la montre commença qui, couplée au besoin de reconstruction de Jade, fit s'écouler le temps à une rapidité stupéfiante, ne lui laissant aucun répit. Elle évitait de penser à tout ce qui venait de lui arriver, même si Louise était évidemment présente à chaque seconde dans son esprit. Tous auraient pu croire que la douleur de sa disparition l'empêcherait de se lever et la priverait de toute énergie. En réalité, c'était tout l'inverse : Jade savait qu'elle vivait des instants dont Louise était privée, et cela lui donnait la force de vivre pour deux. Pour trois, même, si l'on comptait le bébé. Elle avait d'ailleurs pris la décision de se rendre chez un psychologue pour accompagner son processus de deuil et des drames qui venaient de jalonner son existence en l'espace de quelques mois. Elle allait enfin poser des mots sur sa fausse couche, sur le cancer qui lui avait volé sa meilleure amie, sur le viol qui l'avait privée de l'amour de sa vie.

Annie avait été, une fois de plus, un précieux soutien à Jade pendant ces quelques jours. Elles avaient toutes les deux dépassé l'étape où il fallait marcher sur des œufs et partageaient la peine commune et silencieuse de ceux qui se remettent d'une épreuve, ne l'oubliant pas mais cherchant à se reconstruire par tous les moyens possibles. Ce jeudi soir, elles étaient en train de regarder une série, partageant l'apaisement simple d'être tout simplement présentes l'une pour l'autre, lorsque les premiers signaux retentirent.

— Euh… Annie ?

— Oui ?

— On va peut-être éviter de lancer le cinquième épisode, là.

— Oh, mais pourquoi ! C'est toi qui m'as convertie au *binge-watching*. En plus, *La Casa de papel* est vraiment une série géniale, tu as vu le twist de fin ? J'ai besoin de connaître la suite !

— D'accord, mais… le bébé n'a pas l'air de vouloir attendre non plus !

Panique à bord.

— Attends, quoi, tu veux dire que le travail a commencé ? Tu es sûre ? Le bébé arrive ? Tu as perdu les eaux ?

— Alors, d'une, on se calme, et de deux… à moins que je ne me sois fait pipi dessus, oui, le bébé arrive. Tu veux bien prendre mon sac et les clés de la voiture ? J'appelle mes parents, et on y va !

À peine le temps de réunir leurs affaires qu'elles étaient déjà dans un taxi. Le conducteur dépêché au pied de l'immeuble, voyant le gros ventre de Jade et l'air affolé d'Annie, avait fait aussi vite que possible pour les déposer à la maternité.

Le moment était venu.

CHAPITRE 105

— C'EST LE MOMENT OÙ JE VAIS AVOIR BESOIN de vous, madame, vous allez devoir pousser pour faire sortir ce bébé !

— Comme si j'étais pas au courant, depuis neuf mois ! Enfin j'ai quand même eu le temps de me faire à l'idée ! Vous allez le sortir, ce bébé ?

— J'y travaille, madame, j'y travaille. D'ailleurs, nous allons devoir procéder à une épisiotomie…

— HORS DE QUESTION !

Plus qu'un cri, c'était un rugissement qui venait de jaillir du corps de Jade. Un hurlement venu droit du cœur.

— Madame, j'insiste, je suis médecin, je sais ce qui est bon pour l'enfant. Vous êtes fatiguée, vous avez envie d'en finir avec cet accouchement, on va donc procéder à une petite épisiotomie, une opération très couramment pratiquée et…

— NON ! Je sais TRÈS BIEN que c'est une opération très couramment pratiquée, et même TROP couramment pratiquée ! Il n'y aura d'épisiotomie qu'en cas de danger pour l'enfant, comme je l'ai fait inscrire noir sur blanc sur votre putain de dossier !

— Mais, madame…

— IL N'Y A PAS DE MAIS MADAME, FAITES SORTIR CE BÉBÉ !

Tout était confus, il y avait beaucoup de monde et de tumulte autour d'elle. Jade ne percevait pourtant que la présence d'Annie qui lui serrait la main et épongeait son front dégoulinant de sueur. Elle avait mal, elle avait peur, mais elle s'efforçait de continuer avec toute la force dont elle disposait.

Après un nombre de poussées qu'elles avaient toutes les deux arrêté de compter, enfin, le bébé sortit et Jade entendit ses pleurs résonner dans toute la pièce. À ce moment précis, plus rien d'autre ne comptait que la certitude que son bébé et elle étaient tous les deux en vie.

— C'est une fille ! clama la sage-femme, déjà en train de déposer l'enfant sur la poitrine de sa mère.

Jade échangea un regard plein d'appréhension avec Annie, avant de se tourner vers le visage du bébé qui avait partagé son corps pendant près de neuf mois. C'était le moment de vérité, l'instant qu'elle avait attendu avec tellement d'angoisse et de bonheur quelques années plus tôt, avant que le tourbillon du mensonge ne l'emporte. Elle fixa les cheveux qui recouvraient le crâne de sa fille et enfin leurs yeux se rencontrèrent. Ses mains étaient minuscules, ses poumons déjà pleins de vie lui permettaient déjà de faire retentir ses cris. Elles n'eurent pas besoin de se regarder une nouvelle fois pour que Jade sache l'amour inconditionnel qui irradiait d'elle en cet instant.

Il aurait fallu être fou pour ne pas aimer une telle merveille. Un bébé si innocent dont l'entière destinée reposait désormais sur ses épaules.

— Il va lui falloir un nom, à cette petite poupée ! reprit la sage-femme. Vous y avez réfléchi ?

Annie posa à nouveau les yeux sur Jade, un sourire bienveillant aux lèvres. Elles en avaient discuté récemment et Jade avait écarté chacune des propositions qui leur venaient à l'esprit, à quelques rares exceptions près. Il était temps de trancher : Sophia, comme prévu initialement ou...

Louise ? Finalement, le choix s'imposa à Jade, et résonna comme une évidence.

— Victoire.

— Comme c'est joli, lui répondit Annie. Il lui va si bien...

— J'y ai longuement pensé ces derniers jours et... ce prénom s'est imposé à moi pour une petite fille.

Jade laissa une larme s'écraser sur sa joue avant de poursuivre, le regard tourné vers Annie.

— Après ce qui s'est passé, je me sentais brisée. D'abord la fausse couche, puis... l'agression... le décès de Louise... ma dispute avec Antoine... Chaque fois que je sortais la tête de l'eau, un nouvel événement me faisait sombrer. Je me noyais sans réussir à remonter à la surface malgré les tentatives de secours de mon entourage. J'avais l'impression de n'être plus qu'une coquille vide. C'était comme si rien ne parvenait à soulager la douleur. On détournait mon attention, mais chaque fois que ces événements me revenaient en mémoire, la souffrance n'en était que plus violente. Et puis... j'ai fini par me rendre compte que je n'étais pas seule. Je me suis aperçue que j'avais parlé à mon bébé sans même y avoir réfléchi. Cette petite fille était là, au creux de moi. Elle avait besoin de moi autant que j'avais besoin d'elle. Elle est ma victoire personnelle sur la vie. Je ne veux jamais oublier tout ce que j'ai réussi à surmonter grâce à elle. Victoire a donné un nouveau sens à ma vie.

CHAPITRE 106

Il était minuit passé. Victoire avait tout juste trois heures. Pascal et Agnès étaient repartis depuis un peu plus d'une heure déjà. Ils avaient attendu la fin de leur visite pour prévenir leurs proches et avaient laissé leur fille reprendre des forces, tout en se familiarisant doucement avec ce nouveau rôle de maman.

Annie était quant à elle partie depuis longtemps. Elle s'était doucement éclipsée, avant que les parents de Jade ne fassent leur apparition. Jade s'était momentanément sentie paniquée de se retrouver livrée à elle-même, le bébé dans les bras, mais Annie avait trouvé les mots justes pour la rassurer.

— Tu as réussi à t'occuper d'elle pendant neuf mois, même sans en avoir conscience. Je suis sûre que tu t'en sortiras. Et je pense qu'il est important que vous vous retrouviez seules, toutes les deux. Tu dois avoir tellement de choses à lui dire…

Comme toujours, Annie avait raison.

Jade profita de cette accalmie pour sortir de son lit. Elle avait été installée dans une chambre simple. Celle-ci n'était pas très grande, mais au moins Jade disposait-elle d'un peu d'intimité. Ses parents avaient veillé à ce qu'elle ne partage pas sa chambre avec une autre jeune mère, pensant que Jade aurait difficilement supporté d'être face à un couple lorsqu'elle était seule pour s'occuper de Victoire. Si on lui avait dit qu'elle se retrouverait sans Antoine à la maternité pour donner la vie et s'occuper de son enfant, jamais elle ne l'aurait cru. Elle avait toujours pensé que son amoureux serait à ses côtés pour partager ces instants merveilleux.

Elle observa les traits fins et délicats de sa fille qui dormait dans le petit berceau installé à proximité, vérifia que son tout petit nez continuait à expulser l'air de ses narines. Sa respiration était discrète, mais régulière. Apaisée, Jade se mit à la recherche de son portable. Annie s'était occupée de ranger ses affaires dans le placard derrière la porte, et avait disposé son sac à main sur la table de nuit qui était à côté du seul et unique fauteuil de la pièce. Jade s'y installa pour fouiller dans son sac, et en extirpa l'objet qu'elle recherchait.

Elle réfléchit longuement à ce qu'elle souhaitait écrire, tapa, effaça, corrigea son texte de nombreuses fois avant de s'estimer satisfaite. Elle y ajouta une photo que ses parents avaient prise un peu plus tôt, on la voyait tenir son bébé dans les bras, les yeux plongés dans ceux de sa fille, le sourire aux lèvres.

> Elle s'appelle Victoire. Ses cheveux sont aussi noirs que les miens, et elle semble avoir les mêmes yeux que moi. Si tu souhaites la rencontrer, je serais heureuse de te la présenter.

Elle hésita encore. Tapa un « je t'aime », un « tu me manques », un « je pense à toi », un « je t'embrasse » et un « reviens-moi » qu'elle supprima pour revenir au message d'origine. Lorsqu'elle cliqua sur envoyer, Jade pensa à tous ces non-dits dont elle espérait qu'ils parviendraient à leur destinataire.

CHAPITRE 107

— TOC TOC TOC… Est-ce qu'on peut entrer ?

Enfin l'heure des premières visites de cette deuxième journée. Jade les avait presque attendues. Ses parents se tenaient là, sur le seuil de la porte, attendant son approbation avant d'approcher, les bras chargés de cadeaux qu'ils n'avaient pas eu le temps de lui donner hier, dans la précipitation.

— Comment va la jeune maman ?

— Un peu fatiguée…

Jade s'aperçut que ses parents n'étaient pas seuls, elle entrevit l'ombre des parents d'Antoine juste derrière eux, avec dans les bras une peluche à taille humaine. Elle n'aurait jamais pensé que ses beaux-parents viendraient lui rendre visite si vite, après tout ce qui s'était passé avec leur fils. Mais elle fut touchée et même heureuse de découvrir leurs visages émus. Eux aussi avaient attendu un petit-enfant. Et eux aussi voulaient le rencontrer. Ils avaient adopté Jade comme un membre de leur famille, c'est ce qu'elle comprit en les découvrant sur le seuil de la porte.

Jade ne put s'empêcher de se redresser dans son lit pour entrapercevoir celui qu'elle attendait. Elle ne contint pas le pincement qu'elle ressentit au cœur lorsqu'elle ne vit pas le visage tant espéré. Antoine n'avait pas répondu à son message de la veille. La déception lui compressa la poitrine, mais elle esquissa un sourire de circonstance et se concentra sur sa fille, qu'elle tenait entre les bras.

— Vous arrivez pile à l'heure, dit Jade à sa mère. C'est l'heure du biberon ! Maman, tu crois que tu aimerais lui donner ?

— Le biberon ? Tu veux dire que tu n'allaites pas ?

Sentant la pointe de reproches dans la voix de sa belle-mère, Jade ne put retenir un profond soupir de lassitude. Évidemment, rien n'avait changé. Joséphine était toujours aussi pleine de préceptes sur la maternité qu'auparavant. Subitement, l'atmosphère changea, chacun se remémorant la dernière dispute qui avait opposé les deux femmes. Du temps où Louise était encore là. Ce n'était pas la colère ou la tension, que chacun ressentait. C'était autre chose. Justement, à ce moment-là, Paul fit son entrée. Le silence se fit assourdissant tant l'absence de Louise était palpable. Agréablement assourdissant.

« Un ange passe… » sourit Jade. « Un ange qui s'appelle Louise. » Ce qui illumina et émut les visages venus rencontrer Victoire pour la première fois.

CHAPITRE 108

LA VALSE DES VISITES s'était achevée avec le retour d'Annie, venue accompagnée d'Andréa. Les deux femmes adoraient les bébés. Andréa avait longuement hésité avant de venir, n'étant pas certaine d'y avoir sa place, mais Annie avait insisté en lui expliquant qu'elle ne pouvait pas rater ce moment. Le soutien indéfectible d'Andréa avait été plus que précieux pour Jade ces derniers mois, et toutes trois savaient sans le formuler à haute voix que leur amitié n'en était qu'à ses prémices. La présence d'Annie à ses côtés en ces instants si particuliers en était le signe.

Les parents de Jade avaient profité de ce moment pour rentrer chez eux. Ils ne voulaient pas briser la complicité qui unissait les trois femmes et se sentaient de trop, devinant qu'elles avaient des choses à se dire.

— Tu es d'une telle force, commença Andréa. Jamais je n'aurais cru…

— Il faut croire que je suis plutôt douée pour les secrets. Celui du Père Noël sera bien gardé avec moi ! répondit Jade en riant.

— Je ne peux m'empêcher de me demander…

— … pourquoi je l'ai gardée ?

— Ce n'était pas réellement la question que j'allais te poser, alors que Victoire vient à peine de naître… Mais c'est vrai que ça aussi, j'y ai pensé !

— Je ne sais pas. Honnêtement, je ne me l'explique pas. C'est sûrement lié à ce bébé que nous avons perdu, il y a quelques mois, Antoine et moi. Jamais je n'aurais cru que Victoire s'accrocherait suffisamment pour réussir à voir le jour. C'est vrai qu'elle n'est pas née dans les conditions que j'espérais pour mon enfant. Mais… qu'importe la façon dont elle a été conçue. Elle est la moitié de moi, je l'ai portée, et elle est innocente. Elle n'est en rien responsable de ce que son géniteur m'a fait. J'ai longuement pensé le contraire, j'ai même cru que je n'arriverais jamais à l'aimer. Mais elle s'est accrochée, elle est là, et maintenant tout est différent.

— J'aurais dû comprendre… poursuivit Annie, s'immisçant dans la conversation. Tu as eu tant de mal au début avec cette grossesse.

— J'étais tellement sous le choc que je ne comprenais pas ce qui m'arrivait. J'ai d'abord dû gérer le choc et la douleur de… l'agression, avant d'affronter celle de la grossesse. Il y avait Antoine, il y avait ce mensonge, il y avait ma fausse couche, et puis il y a eu Louise… Tout s'est un peu mélangé.

— Tu sais que tu pouvais nous en parler.

— Je sais. Mais je suis heureuse que personne ne m'ait volé ça. J'ai au moins eu l'impression de maîtriser ce secret, et d'avoir eu le contrôle sur quelque chose. À défaut de l'avoir eu plus tôt. Dis-moi plutôt quelle était ta question ?

— Eh bien, les sushis et le champagne ne t'ont pas manqué ? Parce que c'est ce qu'on t'a apporté !

Jade éclata d'un rire franc et contagieux, auquel Annie et Andréa succombèrent elles aussi. Victoire se fit entendre à ce moment précis, scellant définitivement la fin de cette conversation qui, elles le savaient toutes les trois, ne serait jamais rouverte.

En regardant Andréa se précipiter pour lui amener sa fille, Jade se dit qu'elle ferait une merveilleuse marraine, quand son tour viendrait. Bien évidemment, rien ni personne ne remplacerait jamais Louise et le trou béant qu'elle laissait dans sa vie et pas un seul jour ne passait sans que Jade ne regrette son absence. Cependant, Victoire aurait bien besoin d'un modèle pour la guider dans la vie. Louise leur avait appris qu'on ne savait jamais de quoi demain serait fait, et une bonne fée rassurerait Jade sur la sécurité de son enfant en cas de problème : elle savait qu'Andréa pourrait jouer ce rôle, tout comme Annie. Victoire n'aurait peut-être pas de marraine, mais elle aurait beaucoup de bonnes fées pour veiller sur elle tout au long de sa vie.

Jade avait encore le temps. Elle y réfléchirait. D'ici là, Victoire était entre de bonnes mains.

ÉPILOGUE

Ma Loulou d'amour,

Nous sommes le 1er janvier 2018. Je suis chez mes parents. J'écoute *Home* de Ramin Djawadi en rédigeant ces lignes, il s'agit de la musique de *Game of Thrones*, et ça traduit assez bien mon humeur. Il paraît que c'est le moment de prendre des bonnes résolutions pour cette toute nouvelle année qui se profile et surtout de faire le pari de s'y tenir. J'ai décidé d'écrire pour ne pas oublier les miennes.

Victoire a passé son premier Noël, avec ses grands-parents et moi. Sa marraine manquait à l'appel, mais je lui ai expliqué qu'elle vivait désormais auprès du Père Noël pour toujours, et qu'elle la retrouverait dans très très très longtemps. Pas sûre qu'elle ait tout compris, mais elle m'a regardé avec ses grands yeux noirs. Je compte bien le lui répéter très souvent, je veux qu'elle sache quelle personne formidable était sa marraine Louise. Je sais que tu veilleras sur elle, de loin.

Ma première résolution, c'est donc de rendre ma petite fille heureuse.

Je suis désolée, ma Louise. Désolée de t'avoir menti. Désolée de t'avoir laissé partir sans t'expliquer la vérité. Désolée de t'avoir laissé croire que j'étais capable de tromper ton cousin avec ton frère. J'espère que tu comprendras. Quand je te rejoindrai, je t'expliquerai tout.

Ma deuxième résolution, c'est de ne plus jamais mentir à ceux que j'aime. De ne plus jamais mentir tout court. J'ai horreur du mensonge et, de toute façon, on a tous très bien constaté que je n'étais pas très douée pour ça !

Nous sommes dans l'attente du jugement du Dr Véty. Il est invité à comparaître en mai prochain. J'ai rencontré une jeune femme qui se prénomme Sabrina et qui a subi la même chose que moi. Je m'en suis beaucoup voulu, le jour où je l'ai rencontrée. Peut-être que si j'avais porté plainte moi-même, rien ne lui serait arrivé. Mais elle m'a beaucoup rassurée sur ce point, et ma psy aussi. Je ne suis pas la coupable, ce n'est pas moi qui l'ai agressée, et j'ai fait un signalement. J'étais libre de porter plainte ou non, c'était mon choix, ma décision. Personne ne m'a volé ce droit.

Je vais malgré tout devoir témoigner à la barre, devant les avocats, les magistrats, et raconter une fois de plus tout ce qui s'est passé. Je ne sais pas comment je vais réussir à affronter le regard de cet homme, car il sera évidemment là lui aussi, mais quoi qu'il advienne, je sais que Sabrina sera présente, ainsi qu'Annie et Andréa. Nous serons représentées par une association féministe qui nous accompagne dans les démarches. Paul sera là pour assurer ma défense. J'ai écrit à Antoine pour le tenir informé. Je ne lui ai pas proposé de m'accompagner, je sais qu'il a besoin de temps.

J'ignore si notre couple survivra à toute cette épreuve. J'ignore s'il sera capable un jour de me pardonner, de me comprendre. Je pensais que tout espoir m'avait quittée, après être rentrée de la maternité sans qu'il ne soit venu me rendre visite. Mais j'ai eu la grande surprise de recevoir un message de sa part, il y a quelques jours. « Elle est magnifique », voilà tout ce qu'il disait.

Je sais par Joséphine qu'il envisage de venir la rencontrer. Que je lui manque. Il leur parle de moi. Il leur a tout expliqué. Et, pour une fois, il semblerait que Joséphine ait pris mon parti, qui l'eût cru ! Elle m'appelle toutes les semaines, pour prendre des nouvelles de Victoire. Oh, bien évidemment, j'ai encore le droit à ses petits sermons sur l'éducation, elle n'a pas tant changé que ça ! Mais il y a du progrès.

Je l'aime encore, tu sais. Je l'aimerai toujours, quoi qu'il advienne. Alors j'espère qu'il reviendra. Et si ce n'est pas le cas, eh bien... je continuerai à vivre. Je sais que le monde ne s'écroulera pas autour de moi. Quand bien même ce serait le cas, je me sais suffisamment forte pour pouvoir le reconstruire de mes mains, à force de beaucoup de patience.

Quoi qu'il en soit, la justice suit son cours. Elle est longue, elle prend son temps, mais je ne suis pas des plus pressées.

Je sais que Sabrina a besoin d'une condamnation pour commencer à remonter la pente. Elle est en proie à de nombreuses crises d'angoisse, depuis son agression. Elle vit dans la peur, et j'essaie de faire de mon mieux pour la soutenir. Mais ce n'est pas facile, je n'ai pas beaucoup de temps à lui accorder et je ne suis pas la meilleure personne pour l'aider. Je dois apprendre à garder de la distance par rapport à elle, pour éviter de tout confondre : nos histoires ont certes des similitudes, mais elles sont différentes.

Je ne lui ai pas présenté Victoire, je pense que ça lui ferait plus de mal que de bien. Et puis, je ne veux pas mêler Victoire à ce chapitre de ma vie, même si elle lui est intimement liée. C'est une page importante, mais qui m'a déjà coûté suffisamment cher. Je ne veux pas de tout ça pour elle.

J'ai fait mon choix en mon âme et conscience. Même s'il me semble important d'accompagner Sabrina dans cette épreuve, je crois que je n'ai pas besoin de justice, pas pour moi-même. J'ai fait mon choix le jour où j'ai décidé de garder Victoire. Je n'offre pas pour autant mon pardon au Dr Véty. Mais je sais qu'il va être jugé pour ce qu'il a infligé à une autre femme. Je ne ressens pas le besoin particulier de le voir jugé pour ma propre histoire.

Il m'a peut-être coûté Antoine...

Mais au fond, je crois que cette épreuve m'a beaucoup apporté.

Elle m'a apporté les Femmes de Paris.

Elle m'a apporté Andréa et Annie.

Elle m'a apporté Victoire.

Il n'est pas question d'oublier – j'ai compris que ce n'est pas la bonne solution –, mais j'ai d'autres choses sur lesquelles me concentrer désormais. Mes priorités sont ailleurs.

Ce que j'aimerais savoir, ce que j'ignore encore, c'est comment parler de tout ça à mon bébé. Dois-je seulement le faire ? Je n'ai aucune réponse à fournir à cette question et je ne suis pas sûre d'en trouver une un jour. Je ne veux pas qu'elle pense qu'elle est une enfant non désirée. Elle l'était, mais... Elle n'aura peut-être pas de père pour l'aimer. J'ose pourtant espérer que, moi, je pourrai lui donner tout l'amour dont elle a besoin. Je sais que la vérité est précieuse, j'en ai toujours fait un devoir dans ma vie de femme, même si ces derniers mois n'en sont pas le bon exemple, mais est-elle toujours bonne à dire et à entendre ? J'ai pris la résolution de ne plus mentir, mais garder ce secret-là sera peut-être ma seule exception.

Je ne sais pas encore comment j'aborderai toutes ces questions avec elle. J'espère que le temps m'apportera les bonnes réponses. Je ferai sûrement des erreurs, mais... jamais plus les mêmes que celles que j'ai déjà commises.

Comme je l'ai toujours voulu, j'ai décidé d'accepter le fait que cet événement fait partie de mon histoire, rien de plus.

Écrire m'a aidée, mais je ne sais pas encore très bien si je compte garder mon carnet... ou si je préfère le brûler. Bien sûr, cette histoire est la mienne, mais ce n'est pas celle que j'ai envie d'écrire pour Victoire.

Ma troisième résolution, c'est d'apprendre la notion de consentement à ma petite fille. Elle est encore un peu jeune, mais je crois que j'ai pas mal de choses à lui transmettre.

Aussi cliché que cela puisse paraître, je crois que l'on peut dire que... j'ai trouvé la paix. Je me sens rassurée même si je n'ai pas retrouvé mon optimisme, ça non. Je crois qu'il va me falloir beaucoup de temps encore, pour ça. Je n'ai toujours pas digéré qu'on ait pu t'arracher à moi de manière aussi injuste.

Mais j'ai décidé d'être tolérante, surtout avec moi-même.

Ma quatrième résolution, c'est de (re)devenir pour Victoire cette personne pleine de vie, d'entrain et de joie que tu voyais en moi. Je veux offrir une enfance heureuse à ma fille.

Aujourd'hui, le ciel est gris. Il fait très froid dehors, mais pas un seul flocon de neige à l'horizon. Si tu peux m'en envoyer un peu, pour me montrer que tu m'écoutes, que tu me vois, que tu me lis, que tu m'entends, que tu me pardonnes... surtout, n'hésite pas*.

Tu sais, je dois t'avouer un truc : j'ai essayé de croire en Dieu. Le jour où tu m'as appris que tu avais un cancer, je lui ai adressé une requête. Mais soit il n'était pas intéressé et était trop pressé de passer du temps avec toi, soit il n'existe tout simplement pas, car il n'a pas voulu me donner ce que je souhaitais. Alors depuis, je me suis officiellement déclarée agnostique. Il n'y a bien qu'à toi que je puisse le confier, parce que si mes parents apprenaient ça... Ils rigoleraient de savoir que j'ai vraiment essayé de négocier avec Dieu. Quant aux parents d'Antoine... ils me banniraient de chez eux pour des décennies !

Le manque de toi est insupportable, ma Louise. C'est le mal le plus douloureux que je n'ai jamais eu à affronter de ma vie, avec l'absence qu'a laissée Antoine. Mais le manque de toi est irréversible, alors qu'Antoine... Tu ne peux pas savoir le vide que tu as laissé en partant. Pas un seul jour ne passe sans que je pense à toi.

Ah, tiens, j'en profite pour te dire que ton chirurgien était célibataire ! Il est venu à ton enterrement et il était secoué. Finalement, je crois que tu lui plaisais aussi et que tu as laissé une sacrée empreinte dans sa vie...

Tu nous manques à tous.

J'espère qu'on t'a refait un beau sein droit bonnet C, au paradis. Tu l'as bien mérité.

Prends soin de toi.

Jade

* J'aurais dû m'abstenir de lui demander cette faveur, car deux mois plus tard, Paris était ensevelie sous la neige. Je crois qu'on peut dire qu'elle m'a officiellement pardonnée.

NOTE DE L'AUTRICE

Il y a autant d'histoires que d'individus. C'est quelque chose que j'ai beaucoup appris au cours de ces dernières années, à force de côtoyer des personnes absolument incroyables. Principalement, des femmes aux histoires toutes plus touchantes les unes que les autres, des femmes qui portaient ces histoires en elles et qui les gardaient précieusement en leur sein, des femmes qui m'ont suffisamment fait confiance pour les partager avec moi, et je ne les en remercierai jamais assez. Ce sont des femmes au courage époustouflant, des héroïnes de tous les jours. Notre chemin croise le leur quotidiennement et l'on ignore tout des combats qu'elles mènent.

L'histoire de Jade est celle de femmes bien trop nombreuses aujourd'hui. Des femmes à qui je souhaiterais simplement dire : vous n'êtes pas seules, nous sommes là pour nous battre avec vous, à vos côtés. Ne laissez jamais personne vous voler votre consentement, bafouer vos droits, renier votre individualité. Ne laissez personne vous résumer à une agression, à une humiliation, à un acte violent que vous avez subi au cours de votre vie. Ne laissez pas un événement décider du reste de votre existence. Vous êtes une et mille à la fois. Par des centaines de facettes de votre personnalité, vous êtes bien plus que cela. Et vous êtes surtout les seules à tenir les cartes de votre destin, personne ne devrait jamais vous les prendre.

Le combat de Jade est le mien. J'espère du plus profond de mon cœur qu'il cessera un jour. Le jour où les femmes et les hommes auront enfin les mêmes droits, où notre monde vivra en paix, où l'injustice aura disparu de la surface de la Terre. Je veux croire à ce monde.

Et parce qu'enfin, des dizaines de femmes inspirantes ont écrit bien avant moi, je vous recommande ces livres forts qui ont bouleversé ma vie de femme :

- *La Perle et la coquille,* Nadia Hashimi
- *Chère Ijeawele,* Chimamanda Ngozi Adichie
- *Jamais plus,* Colleen Hoover
- *Culottées, T1 & 2,* Pénélope Bagieu
- *Conduite interdite,* Chloé Wary
- *lait et miel,* Rupi Kaur
- *Moi, Malala,* Malala Yousafzai
- *Il fallait que je vous le dise,* Aude Mermilliod
- *J'arrête la pilule,* Sabrina Debusquat

REMERCIEMENTS

Les remerciements sont l'un des moments que j'aime le plus découvrir lorsque je termine un roman, parfois même lorsque je le commence, en tant que lectrice. Parce que ce sont les dernières lignes qui me permettent d'apercevoir l'auteur qui se cache derrière le livre (et qui est loin d'être toujours évident à découvrir), et tout le travail que comportent tous ces milliers de mots.

Alors qu'il est à mon tour de les écrire, c'est également un moment qui est source de grande angoisse chez moi. Et si j'oubliais quelqu'un ?

Pourtant, il va bien falloir m'y mettre.

En premier lieu, je tiens à remercier mon père, sans qui ce roman n'aurait jamais vu le jour. Mon père qui a cru en moi avant même que je sache que j'avais une vraie histoire à raconter. Mon père qui a toujours su que j'en arriverai là un jour. Mon père qui est l'homme que j'admire le plus au monde.

Je tiens également à remercier ma mère. Parce que c'est elle, la première, qui m'a transmis l'amour des livres, l'élément qui me définit le plus aujourd'hui. C'est donc grâce à elle que je suis… celle que je suis (avec toutes les étiquettes que l'on peut y apposer).

Sans mes parents, le combat et les valeurs qui me sont si chers et dont j'ai souhaité vous parler, en filigrane, tout au long de ce récit, ne seraient probablement pas les miens aujourd'hui. Sans mes parents, ce roman n'existerait tout simplement pas. Et moi non plus, d'ailleurs. Les rendre fiers serait ma plus grande récompense.

Devenir écrivaine a toujours été mon rêve. Lorsque j'étais enfant, mes parents ont été les premiers à lire mes récits imaginaires bourrés de fautes d'orthographe. Jamais je ne les remercierai assez pour la patience dont ils ont su faire preuve, en me soutenant dès ces premières lignes.

Merci à toute l'équipe Charleston pour avoir cru en ce texte et l'avoir sublimé : Danaé, Karine, Alice, Caroline, Stefania, Valentine... Un merci plus particulier à Anne-Charlotte qui a accompagné Jade, Louise, Antoine, Paul, Annie et Andréa pendant ces moments de réécriture, et qui a su comprendre mieux que quiconque l'émotion qui me liait à ce manuscrit.

Merci à mes toutes premières lectrices (et lecteurs !), qui ont accepté de lire des chapitres brouillons, qui ont écouté mes plaintes et mes doutes : Agathe, Alexandre, Camille, Carène, Éléonore, Élise, Flora, Franck, Roxane, Stéphanie, Sylvie, Valérie.

Merci à Caroline et Marie qui, un soir de mai, ont écouté mon histoire et m'ont encouragée à tenir bon. Caroline, tes conseils m'ont été très précieux, et Marie, je bénis ton guide qui m'a aidée à continuer.

Merci à Baptiste qui a été une oreille plus qu'attentive lorsque cette vérité a eu besoin de se frayer un chemin vers la sortie.

Merci à tous ces gens qui ont cru en moi avant que je n'y croie moi-même. Vous parler de ce projet a rendu tout cela un peu plus réel, c'est vous qui m'avez transmis l'envie d'aller jusqu'au bout et de me prouver que j'en étais capable.

Merci à toute la blogosphère littéraire, cette bulle où j'ai réussi à trouver ma place et qui m'a permis de me créer un équilibre à travers les livres. Un merci ému aux Lectrices Charleston 2021 : Adélina, Alexandra, Anouk, Aurélie, Carol-Ann, Carole, Chloé, Christel, Clémentine, Eline, Fanny, Floriane, Katia, Laura, Leah, Manon, Marine, Marta, Sarah, Tiphaine. J'ai moi aussi fait partie de cette belle aventure il y a cinq ans, je suis touchée aujourd'hui de la vivre de l'autre côté du miroir.

Merci à vous, enfin, qui tenez ce livre entre vos mains. Vous êtes le destinataire final du message que porte ce roman. J'espère que vous l'aimerez, sachez que j'y ai mis tout mon cœur et toute mon âme.

À vous.

M.

Le destin tragique de Dora Maar,
femme et artiste extraordinaire, qui fut
anéantie par sa passion avec Picasso.

208 pages
19,90€

Le portrait passionnant et sans tabou
de Françoise d'Eaubonne,
pionnière de l'écoféminisme.

Parution : mars 2021

Au plus près de la véritable Jackie Kennedy, loin des clichés véhiculés par les journaux, un point de vue intimiste sur la vie de cette femme extraordinaire entourée de mystères.

Parution : juin 2021

Ce roman vous a plu ? Dites-le-nous !

Rejoignez la communauté Charleston
et échangez sur vos lectures

Retrouvez-nous sur

editionscharleston.fr

et sur

Inscrivez-vous à notre newsletter et recevez
des informations sur nos nouveautés, nos événements,
nos jeux-concours... et des cadeaux !

PEFC
10-31-3068

Certifié PEFC

Ce produit est issu de forêts gérées durablement et de sources contrôlées.

pefc-france.org

Cet ouvrage est composé de matériaux issus de forêts gérées durablement certifiées PEFC™.
Le Programme de reconnaissance des certifications forestières (PEFC™) est le plus grand organisme mondial indépendant de contrôle pour une gestion durable des forêts.
Pour en savoir plus, consultez le site www.pefc-france.org

Achevé d'imprimer en février 2021
par CPI Bussière
À Saint-Amand-Montrond (18)
Dépôt légal : février 2021
N° d'impression : 2054775
Imprimé en France